오늘, 통하다

오늘, 통하다

이애란 지음

이애란 · 칼럼집

한국학술정보

책머리에

  언론사로부터 칼럼 제안이 들어왔을 때, 겁 없이 수락한 것이 계기가 되어 지금까지 칼럼을 쓰고 있다. 그 글들을 모아 책으로 엮었다.

  지난 6년여 한국대학신문에 실었던 글이 주를 이룬다. 2010년대 후반에서 2020년대 초반에 걸쳐 경상일보와 울산제일일보에 썼던 글과 기고 글도 여러 편 들어 있다.

  칼럼을 쓰는 이유는 여럿이다.

  첫째, 글을 통한 의사소통이 가능하다. 사회생활 속에서 의사소통은 직접 상대를 만나 말로 하는 경우도 많지만, 글을 통해서 간접적으로도 할 수 있다. 말은 입에서 뱉는 순간 사라지고 듣는 사람도 제한적이다. 반면에 글은 오랜 시간 동안 매체를 통하여 정보를 공유할 수 있고, 읽는 사람도 광범위한 장점이 있다.

  둘째, 정보와 지식을 얻을 수 있다. 사회에서 일어나는 현상을 관찰하고 의견 글을 작성하려면 적어도 관련 소재의 자료를 찾아 읽어야 한다. 그 과정에서 특정 분야의 다양한 사실과 마주하게 된다. 이것이 토대가 되어 글감의 현상이나 사물을 집중해서 보게 되고, 관찰력이 길러져 의견을 내고 제안하기가 쉽다.

셋째, 사회 문제를 해결할 수 있다. 신문에 기고 글이 실린 이후에 지적한 문제가 현장에서 개선되는 것을 볼 때 작은 보람을 느낀다. 가령, '아산로 중앙분리대 식물, 정비하라'라는 기사가 나간 후, 중앙분리대의 화단이 깨끗하게 정비되었다. 몇 해가 흘렀지만, 주기적으로 관리되고 있다. '울산의 축제, 다시 디자인하자'라는 기사 중에 '쇠부리축제'가 쇠가 생산된 쇠부리터가 있는 지역이 아닌, 한 지자체의 마당에서 개최되었다. 역사적 고증자료나 자연환경을 고려하지 않은 결정이었다. 글이 게재된 이후, 쇠부리터로 장소를 옮겨 축제를 열었다. 반가운 소식이었다. '딱한 천상도서관'은 도서관을 건축하기 전에 썼던 글이고, '천상도서관과 공영주차장'은 개관 후에 적은 글이다. 3층 건물의 신축 도서관이 조성되는데 1층만 도서관으로 사용하고, 2층과 3층은 공영주차장으로 만든 기이한 조합을 꼬집은 글이다. 얼마 지나지 않아 해당 도서관은 공간이 부족하여 별관을 새로 지었다.

　이러한 변화에 칼럼 글이 직접적인 영향을 미쳤는지 알 수 없다. 하지만, 이해관계자들의 고심 흔적이 메아리처럼 되돌아오는 것을 느꼈다. 그래서 책명을 '오늘, 통하다'라고 붙였다.

　칼럼의 특성상 시간이 지나면 시사성이 떨어질 수 있다. 하지만, 지역사회의 다양한 현안이 여전히 풀리지 않은 채 산적해 있어, 이해관계자와의 의사소통 수단으로 유효하다고 생각한다. 또한, 처음 칼럼을 쓰고자 하는 사람에게 부박한 글이나마 작은 도움이 될까 하여 용기 내어 책으로 엮었음을 밝힌다.

2022년 10월

이애란

CONTENTS

책머리에   5

#01   공공도서관

공공도서관 리모델링이 시급하다   14

대표도서관장의 자리   20

도서관의 자리 맡기, 인제 그만   24

딱한 '천상도서관'   30

밑줄을 긋지 말자   34

사립 작은도서관의 지역사회 개방,
갈 길 멀다   38

새 중부도서관 규모와 착공,
시의회와 중구청에 달렸다   44

세상 어떤 카드보다 좋은 '책이음카드'   48

울산 올해의 책, '한 권' 선정에 부쳐   52

울산도서관의 정체성   56

책, 많이 읽을수록 좋지 않은가   62

천상도서관과 공영주차장   66

#02 대학도서관

건강한 사회를 만드는 도서관 강좌 72

대학도서관진흥종합계획,
교육적 기능 확대에 그쳐선 안 돼 76

대학도서관평가에 대한 단상 80

도서 폐기는 필요악이다 84

도서관 리모델링, 좌석 수가 줄면 곤란하다 88

도서관은 전래동화를 꿈꾼다 92

밝은 미래는 살맛 나는 대학도서관에서 96

지정도서와 예약 밥상 100

창의 공간으로 부상하는 대학도서관 106

책 소독기 110

폰트 사냥은 총 안 든 강도 116

허술한 대학의 비교과 교육,
이대로 좋은가 120

#03 대학기숙사

기숙사 위드 코로나 맞이, 머뭇   126

기숙사 통금을 지지하는 이유   132

기숙사는 '알 품은 새' 같다   138

기숙사에서 울고 웃는 룸메이트   144

기숙사의 자유식이
학생건강을 위협하고 있다   150

대학 취준생 '찔끔 지원'으로 되겠나   156

대학생들이 아픈데 어쩌나   162

생활 쓰레기 분리배출   168

질병, 알리는 것이 좋다   174

대학기숙사 층간 소음,
서로 배려하는 마음이 중요   180

코로나 19, 대학기숙사 아슬아슬   186

학생생활관은 잠만 자는 곳이 아니다   192

#04 지역사회

고래바다여행선 항로를 바꾸자 200

고래여행선에서 고래 이야기를 듣고 싶다 206

글쓰기 능력 향상을 위한 상시 지원책 시급 212

대학 온라인 교육, 지금이 투자의 적기다 216

대학 축제와 정체성 220

도시와 하나 되는 울산평생학습박람회 224

숯못 산책로의 철조망, 왜 못 치울까 228

아산로 중앙분리대 식물, 정비하라 234

울산들꽃학습원 원두막에서 쉬고 싶다 238

울산의 축제, 다시 디자인하자 244

음식 축제장, 먹고 남은 것은 어쩌나? 248

태화강십리대숲 이정표를 만들자 254

01

공공도서관

—

공공도서관
리모델링이 시급하다

싱가포르에 있는 오차드공
공도서관을 방문했다. 시장바구니를 든 중년의 여성, 부모
와 함께 온 어린이, 청소년들이 책을 읽거나 찾는 모습이
한눈에 들어왔다. 이용자들이 공공도서관을 이용하는 모습
은 우리나라와 차이가 없었다. 하지만, 도서관 내부의 시설
과 장비는 많이 달라 보였다.

자료실 안에 폴딩 도어로 만든 강의실이 이색적이었다.
도어가 접거나 펼침에 따라 세 개의 독립된 강의실로 활용
할 수 있도록 만들어 놓았다. 강좌나 이용자 수에 따라 공
간을 가변적으로 활용하기에 안성맞춤이었다.

때마침, 두 개의 강의실은 강의가 한창이었다. 나머지 한
공간은 폴딩 도어를 접어 책을 읽는 열람 공간으로 활용하
고 있었다. 강좌가 많은 날은 열람실 대신에 모두 강의실
로 대체했다. 반면에 강의가 없는 날은 폴딩 도어를 접어
열람실로만 사용하였다. 도서관 공간의 효용성을 높이는

돋보이는 시설이었다.

강의실을 만든 폴딩 도어는 유리로 만들었으므로 수강생이 공부하는 모습이 훤히 내비쳤다. 그들의 학구열이 도서관을 이용하는 비수강생들이나 방문객에게 학습 동기를 유발하게 만들었다. 또한, 강의실에서 활동하는 학습자들의 모습 그 자체가 도서관의 실내디자인 역할까지 겸하였을 뿐만 아니라 강좌의 홍보 역할까지 톡톡히 하고 있었다.

시선을 사로잡은 다른 하나는 로봇 장비였다. 자료실 한쪽에 자동 도서 반납기는 빌렸던 도서가 반납함에 놓이자 스스로 반납 처리를 했다. 로봇은 반납함에 150권이 쌓이면 도서관 바닥에 설치된 마그네틱 선을 따라 사무실 입구까지 자율적으로 이동해 갔다. 로봇이 도착했다는 사실을 알리면 소리를 들은 직원이 나와 반납함을 비웠다. 로봇은 도서관 바닥의 레일 따라 되돌아갔다.

한편, 로봇이 가져온 도서들은 곧장 도서를 자동으로 분류하는 컨베이어벨트 기계 위에 올려졌다. 기계가 바코드를 읽어 도서를 주제별로 분류했다. 사람의 손을 거치지 않고 손쉽게 분류된 도서는 서가에 꽂기가 수월하게 구분되었다. 자동화 기계가 이용자들이 원하는 도서를 서가에 신속히 배열하여 볼 수 있게 하므로 서비스 만족도도 높이고 있었다. 기계의 도움은 사서나 자원봉사자의 일손을 크게 줄였다. 도서 자동 반납기나 도서 자동 분류기와 같은 첨단 장비의 구비는 단기적으로는 비용 부담이 될 수 있으나 장기적으로 본다면 도서 이용의 효용성 증대와 인력 지원비를 감소시켜 경제성을 높일 수 있다.

미래 도서관은 지금까지 책 중심의 자원 서비스에서 이용 가치를 높이는 장비 지원 서비스로 확장되는 추세이다. 도서관은 10년여 사이, 자료 소장 중심의 공간 조성에서 탈피하여 편안한 학습환경과 창작공간으로 변모를 거듭하고 있다. 가령, 시카고공공도서관은 자료실 중앙에 메이커 스페이스를 만들고, 각종 장비와 도구를 책처럼 이용시키고 있다. 북미지역 공공도서관 64% 이상이 창작공간을 설치할 정도로 확산 속도가 높다.

싱가포르의 템피니스공공도서관도 예외는 아니었다. 조리 시스템이 갖춰진 쿠킹 스튜디오는 수강생이 만든 음식을 사진기로 찍느라 분주했다. 다른 메이커 공간도 3D프린터, 재봉 도구, 사진 촬영 장비까지 갖춰져 있어, 도서관 자원이 소비에서 창작지원으로 변하는 현장과 마주할 수 있었다.

이런 벤치마킹의 기억 때문인지 울산 지역의 공공도서관을 방문하는 날이면 리모델링의 필요성이 절실해진다. 작년 신축된 울산도서관마저 시대적 추세인 창업 공간이나 장비를 갖춘 메이커 공간을 갖추지 않았다. 나머지 공공도서관들은 건축과 리모델링한 지가 꽤 되어 거론 자체가 어렵다. 이런 열악한 환경임에도 불구하고 여전히 시민이 가장 많이 이용하는 곳이 공공도서관이다.

문재인 대통령이 2018년, 생활 사회간접자본(Social Overhead Capital) 투자를 주문한 바 있다. 투자 대상에 문화 편의시설인 도서관이나 체육시설이 포함되었다. 책과 강좌 그리고 시설과 장비를 자유롭고 편하게 이용할 수 있는 곳이 공공도서관이란 것을 아는 이용자들은 그 투자 대상이 도서관이길 학수고대할 것이다. 지자체나 교육청은 담당 도서관의 시설 여건을 점검하고 리모델링 계획을 서둘러야 한다. 도서관은 시민의 생활밀착형 문화공간이자 시민교육의 중추 기관으로서 시민 생활의 질을 개선하므로 우선 투자의 명분은 분명하다. (경상일보 2019. 3. 20)

—

대표도서관장의 자리

울산시립도서관이 개관한 지 2년도 안 되었는데 관장이 4번째 바뀌었다. 도서관장의 임기가 평균 6개월이다. 업무 보고 등으로 직원들의 업무가 가중되고 효율성이 떨어질 것은 뻔하다. 행정직 관장은 도서관 업무를 잘 모르므로 혼란스러울 수 있다. 도서관 사서들도 입장은 다르지 않다.

행정 역량이 뛰어난 관장이 오더라도 단기간에 무슨 일을 펼칠 수 있을까. 보임되었던 3명 중 2명은 퇴직을 앞두고 공로 연수를 갔다. 현재 관장도 12월 말 퇴직 예정이다. 이들이 도서관의 정책 방향을 결정하고 업무를 연속적으로 이어가겠다고 생각하는 사람은 많지 않다.

울산시는 울산시립도서관장의 자리를 마치 철새처럼 좋은 기후를 찾아 이동하여 잠시 머물다 가는 자리로 만들었다. 본청에 오래 근무한 직원을 배려하는 차원에서 도서관장 자리를 맡기면서 일어난 일이다.

도서관 관장은 전문지식을 갖추어야 한다. 현행 도서관 법 제30조에 '공립 공공도서관의 관장은 사서직으로 임명 한다'라고 규정하고 있다. 사서직 관장과 비사서직 관장의 직무수행 능력과 대외활동의 적극성을 분석한 자료에 따르 면 그 차이가 분명하다. 사서직 관장의 직무수행 평점이 훨씬 높게 나타났다. 대외활동도 사서 직급이 높은 관장이 의욕적인 자세를 보이는 것으로 조사되었다. 법 시행 이후 사서직 관장을 임명하는 도서관이 증가하는 이유이다. 울 산시는 공공도서관 관장의 임명법을 어기고 있는 사실조차 모르는 것 같다.

울산시립도서관은 울산 지역의 공공도서관을 대표한다. 대표도서관은 운영 주체가 다른 교육청 소속 도서관을 포 함한 18개 공공도서관의 컨트롤타워이다. 공공도서관의 관 할 감독기관으로서 관장은 모든 행정을 통솔해야 한다. 하 지만 시 소속 관장(4급)이 교육청 소속의 관장(3급)보다 직 급이 낮다. 또한, 6개월마다 교체되고 있어 대표도서관의 역할을 원활하게 수행하는지 의문스럽다.

울산시가 울산 대표도서관장의 자리를 개선하려면 시 소 속 도서관의 직급을 상향 조정하고 전문직 관장을 임명해 야 한다. 만약 행정 여건을 갖추는 데 시간이 걸린다면 공 모를 통한 전문가의 영입도 대안이 될 수 있다. 선진국은 관장 임용조건으로 사서직을 요구하는 것이 일반적 관행이

다. 미국은 공공도서관에서 도서관장을 공모할 때 문헌정
보학 석사 이상을 갖춘 사서가 기본 조건이다. 도서관 운
영에 문헌정보학 전문지식이 우선이지만, 사업 추진에 필
요한 경영자적 자질도 필요하다. 다른 광역단체에서는 폭
넓은 경력을 겸비한 공모제 관장을 임명하는 곳이 증가하
고 있다. 울산시는 이런 점을 적극적으로 수용해야 한다.

울산시립도서관장의 자리는 일을 알고, 정책을 펼치고
추진하는 사람이 적임자이다. 철새의 중간 기착지가 아닌
'좋은 도서관'을 만드는 사람의 자리이어야 한다. 울산시가
우리나라에서 기관장의 재임 기간이 가장 짧고 비전문직
관장이 임명되는 유일한 기관이란 오명을 언제까지 이어갈
지 두고 볼 일이다. (경상일보 2019. 12. 18)

—

도서관의 자리 맡기,
인제 그만

　　　　　　　도서관의 열람실 '자리 맡기'가 시험 기간 기승을 부렸다. 1인용 칸막이 테이블로 만든 '자유 열람실'이 특히 그랬다. 일부 좌석은 사람 대신에 가방이나 책과 같은 개인 사물만 덩그러니 놓인 채, 몇 시간이 지나도 이용자가 나타나지 않았다. 이용자들은 짐만 놓인 좌석을 기웃거리다 발길을 돌렸다. 열람실을 찾았던 그들의 학습권 침해가 우려된다.

　도서관 측은 자리 맡기와 같은 사석화를 막기 위해 좌석배정시스템을 도입하여 운영하고 있다. 좌석 발권은 이용증 하나에 한 개의 자리만 배정하는 것이 원칙이다. 배정 이후에도 좌석의 이용 여부를 파악하기 위해 3~5시간 간격으로 연장토록 하고 있다. 이용이 끝나면 '좌석 반납'을 처리해야 비로소 다른 이용자가 좌석을 이용할 수 있게 된다. 그렇지 않으면 미반납 상태로 남아 기계는 이용자가 계속 이용하는 것으로 인식한다.

이러한 좌석 발권기의 기능에 따르면 한 명이 여러 개의 자리를 발권할 수 없다. 그런데도 좌석이 발권된 자리에 이용자가 없이 장시간 사물만 놓여 있는 빈 좌석이 생긴 것은 왜일까. 알고 보니, 빈 좌석은 이미 좌석을 발급받아 사용하는 이용자가 친구나 지인의 부탁을 받아 그들의 이용증으로 자신의 자리 좌우에 있는 좌석을 대리 발권한 것이었다. 그곳에 자기의 사물을 올려놓고 발권 연장 시간에 자신의 것과 함께 대리 발권 카드도 연장해 왔다. 도서관 '자리 맡기'의 전형적인 모습이다. 언제 올지도 모르는 친구를 위해 자리 발권을 해 두는 이유는 친구의 부탁도 있었겠지만, 자리를 넓게 사용하려는 개인적인 이기심도 한몫했다. 대리로 좌석을 발권한 사람이나 의뢰자는 자신의 부당한 발권으로 인해 다른 사람이 이용할 자리를 뺏은 것과 진배없으므로 자리 도둑인 셈이다.

자리 도둑의 형태는 다양했다. 타인의 이용증을 사용하거나 대리 발급과 연장 그리고 이용 종료 후 좌석 미반납과 같은 행위였다. 규정 위반자는 퇴실이나 일정 기간 이용을 제한받는다. 하지만 불법에 따른 제재 강도가 약하여 그 당시 일시적으로 줄었다가 다시 활개를 치는 악순환이 반복되고 있다.

이에 한 대학도서관은 열람실에 책을 놔두고 좌석을 선점한 이용자에게 '30일간 도서관 출입 금지 및 자료 대출

금지 처분'을 내렸다. 이러한 조치에 불복한 이용자가 도서관을 상대로 행정소송을 한 적도 있었다. 당시, 재판부는 '도서관 규정이 일부 이용자가 장기적 좌석 선점에 따른 다른 이용자들의 불편을 막고, 면학 분위기를 조성하기 위해 일정 기간 금한 것은 적법하다'라고 판결했다. 그 이후, 많은 도서관은 제재 수준을 강화하는 본보기로 삼는 계기가 되었다.

열람 좌석의 부당한 실태를 경험한 한 공공도서관 이용자는 대학 사례처럼 강한 제재를 건의했다. '일부 이용자는 줄을 서 대기하는 사람이 많은 것을 보면서도 보란 듯이 여러 장을 발권한다. 심지어 부모가 자녀의 자리를 발권하는 현실이 더욱 안타깝다. 제재를 통해 함께 사용하는 공공재에 대한 인식이 개선되기를 바란다'라고 했다.

도서관은 열람실 좌석의 사석 방지를 위한 지침을 구체적으로 명시하고, 홍보를 강화하는 것이 하나의 대안이 될 수 있다. 이용자가 많이 붐비는 시험 기간만이라도 발권 시스템의 현황판에 의존하지 말아야 한다. 적어도 2시간 간격으로 현장을 점검하고 사물을 수거해야 빈 좌석을 보고 돌아가야만 했던 이용자의 학습권을 보호하는 또 다른 대안이 될 수 있다.

열람실의 자리 맡기 폐단을 방지하는 강력한 수단은 도서관 이용 제재의 수위를 높이는 것이겠지만, 열람실을 이용하는 이용자 스스로 환경을 만들 수 있도록 지속적인 지도도 병행해야 근절을 앞당길 수 있다.

이용자들의 의식 전환이 자리 맡기를 근절하는 시작점이다. 누가 자리 잡기를 부탁한다면 '거절(No)'하면 어떨까. (경상일보 2019. 7. 17)

―

딱한 '천상도서관'

천상도서관의 외형이 드러
났다. 6월 개관을 앞둔 탓인지 내부공사가 한창이었다. 이즈음
천상리 주민들이 이용해 왔던 울주문화예술회관 도서관이 3월
10일 자로 운영을 중단했다. 도서관이 소장한 일부 도서를 천
상도서관으로 이관하기 위한 준비 작업 때문이라고 했다.

새로 건립되는 천상도서관의 면적(992.24㎡)이 울주문화
예술회관 도서관의 면적(1,056㎡)보다 작은데 두 살림을
채울 공간이 될지 걱정이 되었다. 무엇보다 다른 타 군(郡)
은 두 곳의 도서관 면적을 합한 그 이상의 면적을 이용하
여 도서관을 건립하는 추세이기 때문에 이들의 통폐합 소
식은 적잖은 충격이었다.

공공도서관의 건립 기준은 주민 수가 기준이다. 핀란드
나 노르웨이는 4,500여 명당 1개의 공공도서관을 건립하고
있다. 반면, 우리나라는 인구에 따라 시설과 자료가 달라진
다. 범서읍 천상리의 주민은 2만 명을 웃돈다. 이들을 위해

천상도서관은 종합자료실과 어린이자료실, 디지털정보실, 동아리실, 보존서고, 휴게실을 배치할 예정이다. 봉사 대상이 2만 명 이상이므로 법적 기준은 전체 열람석 150석을 확보해야 하고, 그중 어린이 열람석은 30석, 노인과 장애인용 15석을 확보하게 되어 있다. 사실 현재의 1층 도서관 면적만으로 자료와 열람 시설을 구성하기가 쉽지 않다. 게다가 매년 600권 이상 구입하는 책의 증가까지 고려했다면 도서관 건물 2층과 3층에 공영주차장을 만든 기이한 사례가 나올 수 없다.

천상도서관의 자리는 이전에 주민들의 체육시설인 테니스장이었다. 주변 아파트와 노인복지 시설의 중앙에 위치한 이곳은 시설 이용으로 유발되는 소음과 분진으로 주민들의 불편이 제기되었던 곳이다. 주민의 민원을 해결하기 위해 급조(急造)된 천상도서관과 공영주차장은 이전 민원을 고스란히 안은 채 또 다른 문제를 잉태시켰다. 도서관 건물 내의 공영주차장에 드나드는 차량이 내뿜는 소음과 분진 외에도 잦은 통행에 따른 도서관 이용자의 안전까지 위협할 수 있는 환경을 만들었기 때문이다. 더욱이 도서관과 공영주차장이 붙어 있기 때문에 도서관법에 따른 소음·진동의 적법성도 걱정된다. 개관할 이 도서관은 천상에서 가장 많은 주민이 찾는 쾌적하고 안전한 공간임을 모르지 않았을 터인데 돌려 막기식 민원 처리가 이런 문제를 키운 것은 아닐까 걱정이다.

천상도서관에 대한 기대는 옛 도서관 대신 새 도서관이란 점 외에는 많이 약화하였다. 자신의 책으로 공부하는 열람 공간에 대한 애착이 남다른 우리 사람들의 특성과 매년 증가 책 수를 고려하지 않은 도서관 면적 그리고 공영 주차장을 설치한다는 발상 자체가 화근이었다. 도서관의 '열람석' 부족과 '환경의 쾌적성과 시설 이용의 안전성' 등을 보완하거나 개선하지 않는다면 도서관 이용자의 만족도를 높일 수 없다.

천상도서관은 개관과 동시에 도서관 공간 확장과 환경 개선 방안을 내놓아야 할 딱한 도서관이 되었다. (경상일보 2019. 4. 17)

—

밑줄을

긋지 말자

도서관은 '나'를 성장시키는 공간이다. 필자는 30여 년 이상 도서관 종사자로서, 매일 다양한 책을 만난다. 얼마 전부터 4차 산업사회에 관한 책을 읽고 있다. 도서관을 운영하는 데 활용하기 위해서다. 20여 분 만에 200여 쪽을 모두 읽었다. 속독하지 않았음에도 빨리 읽을 수 있었던 것은 책에 밑줄 친 곳만 읽었기 때문이다. 먼저 읽은 사람이 중요하다고 생각하는 곳에 밑줄을 그어놓았다. 책을 읽은 후, 쉽게 간단한 정보는 얻었지만, 줄거리가 생각나지 않았다.

어릴 적 합창할 때가 떠오른다. 나는 알토 음역이었다. 노래를 부르다 보니 가장 높은 음인 소프라노를 하고 있었다. 깜짝 놀라 알토를 해보지만, 또다시 소프라노를 했던 쑥스러운 경험이 있다. 독서 중에 밑줄 친 곳이 그랬다. 독서 중에 나도 모르게 밑줄 친 글에 자주 눈길을 뺏겼다. 그 순간 나의 주도적 글 읽기는 중단되고 밑줄 친 독자가 한 글 읽기를 수동적으로 받아들이고 있었다. '나의 의지와 다른 독서를 한다'라는 사실을 알고 마음이 불편했다.

밑줄 친 독자가 중요하다고 생각한 내용이 나와 같을 순 없다. 먼저 읽은 독자가 표시한 곳을 따라 훑어 읽기는 독해력이 떨어진다. 그런 내용은 해당 페이지를 찾아 다시 읽어야 만족스럽다. 생면부지인 그 독자와 내가 책의 내용을 받아들이는 관점이 다르기 때문이다. 독서하면서 책에 밑줄 치는 것은 다른 독자의 독서를 방해하는 행위가 된다.

책은 하나의 생명체. 글 아래에 볼펜으로 밑줄 긋기는 사람의 살갗에 상처를 내는 것과 같고, 글에 컬러 펜을 칠하는 것은 화상을 입히는 격이다. 사람에게 생긴 상처는 약을 발라 치유할 수 있지만, 책 속 글자의 훼손이나 탈색은 복원하기가 어렵다. 특히, 원하는 도서를 복사할 때 낙서로 인해 정확한 내용이 보이지 않으면 매우 난감하다. 이처럼 상처 난 책들은 생명을 잃게 돼 폐기로 이어진다. 독자의 부주의로 도서관은 경제적 손실까지 떠안게 된다.

어느 도서관이든 도서의 훼손은 독자의 양심에 맡기고 있다. 궁여지책으로 도서관은 '책에 낙서 금지'를 안내하고 있다. 이용자가 다른 독자를 위한 배려이자 자료 보존을 위해 지켜야 할 가장 기본적 예절이기 때문이다. 이런 예절 안내에도 불구하고 여전히 수많은 책 속에 볼펜이나 컬러 펜 자국 등이 자주 발견된다.

도서관 책은 우리 모두의 자산이다. 내가 읽은 책을 다른 사람이 계속 이어 읽는 데 불편함이 없도록 깨끗이 이용해야 한다. 책은 후손들의 성장을 돕는 훌륭한 문화유산이기 때문이다. 책으로부터 마음의 양식을 채운 만큼 예절을 갖춘 도서관 이용자의 성숙한 의식을 기대해 본다. (한국대학신문 2018. 10. 31)

—

사립 작은도서관의
지역사회 개방, 갈 길 멀다

사립 작은도서관 현장을 평가하러 간 적이 있다. 한 지방자치단체가 단기간에 공공도서관과 공립 작은도서관을 건축할 수 없게 되자 공립 작은도서관을 보완해 줄 수 있는 사립 작은도서관을 선정하여 재정 지원을 하기로 했다. 지방자치단체는 신축 공공도서관이 조성되기까지 선정된 작은도서관을 통해 도서관 이용자의 이용 불편을 해소할 목적이었다. 지역주민도 가까운 거리에서 도서관을 이용할 수 있으니 좋은 설립 취지이다.

사업 제안서를 낼 수 있는 대상은 인구 밀집도가 높은 곳에 공공도서관이나 공립 작은도서관이 없거나 있더라도 거리가 멀어 주민 불편이 예상되는 지역이었다. 선정한 한 개의 사립 작은도서관은 도서 구입비나 프로그램 운영비, 도서관 운영에 필요한 경비, 수천만 원을 지속해서 지원받는다. 대신, 사립 작은도서관은 지역사회에 시설을 개방하여 타 지역 주민들이 이용할 수 있도록 허용하여야 한다. 그래서 서류 심사에 뒤이어 시설의 규모는 어느 정도인지, 도서관에 외부인 접근은 쉬운지, 도서관의 운영상태와 운영인력을 조사하기 위해 방문했던 것이었다.

제안서를 낸, 평가 대상 도서관은 우연인지 모두 아파트 단지 내에 있었다. 작은도서관은 공동주택 500세대 이상 건설할 때 법적으로 갖추도록 한 시설 중의 하나였다. 도서관의 최소 시설 기준이 33제곱미터 이상이므로 면적은 적었다. 소그룹 강좌가 가능한 공간은 주민의 회의 장소로도 공유하고 있었다. 내부 시설은 원룸 형태로 열람 좌석 6석과 도서 1천 권 이상이라는 기준 탓인지 비품과 도서 수가 적었다. 공공도서관의 운영 형태가 대형마트 수준이라면 작은도서관은 편의점에 불과했다. 다행히 아파트의 입주민으로부터 공간 협소에 따른 불평의 소리는 크지 않았다고 한다. 하지만 외부의 지역주민까지 확대하여 개방하면 열람 좌석 부족에 대한 공간 불만이 제기될 가능성이 커 보였다.

도서관의 공간 확장 가능성이 먼저 고려되어야 할 형편이었다. 다행히 평가 대상 기관 중에 도서관 업무와 유사한 부대 시설인 독서실이나 운동시설이 갖춰져 있었다. 공유시설로 활용하거나 서로 통합하여 활용하면 효율성이 높을 것 같았다. 지자체의 지속적 재정 지원으로 인한 도서관 활성화가 아파트 이미지를 높이는 데 기여하므로 도서관 공간 확장 개연성도 기대되었다.

또한, 도서관이 개방되었을 때 외부인의 접근이 쉬워야 한다. 최근에 지은 아파트의 경우 차량 등록이 되어 있지 않으면 도서관에 들어갈 수 없도록 시스템을 갖추고 있다. 도보가 아닌, 차량으로 도서관을 찾는 이용자를 위해 입주 자들처럼 지하 주차장이든 지상 주차장이든 자유롭게 드나 드는 출입 권한이 부여돼야 한다. 다른 지자체의 경우, 외부인의 접근이 자유롭도록 아파트 벽을 허무는 공사 지원 까지 하는 적극적인 도서관이 있는가 하면, 아파트 방범 문제로 외부인에게 개방을 꺼리는 소극적인 사례가 있었기 때문이다.

그리고 사립 작은도서관 운영에 필요한 도서비는 기증이나 제안 사업을 통해 충당하기도 하지만 대부분은 아파트 공동관리비에서 전기세와 같은 각종 공과금과 함께 지원받은 것이 일반적이다. 이들도 예외이지 않았다. 아파트 입주 민 중에 매달 관리비에서 일정 금액이 도서관 지원금으로 빠져나가는 것에 대해 노골적으로 불만을 토로한 적도 있었다고 한다. 언제든지 도서관을 이용하지 않는 주민들로 부터 재차 민원이 일어날 수 있는 소지가 있었다. 사실, 건축주가 아파트를 지을 때는 법적 기준 때문에 의무적으로 도서관을 만들었지만, 운영에 대한 책임은 없기 때문에 운영하지 않는다고 법적 제재를 받지는 않는다. 그러므로 주민의 경제적 부담 여부에 따라 언제든지 도서관 운영을 어렵게 만들 수 있었다.

이보다 더 큰 장애는 상근 인력이 작은도서관을 운영하는 곳이 적은 현실이다. 전국의 작은도서관은 사서를 채용할 재정이 없어 상근 직원 대신, 자원봉사자의 노력 봉사에 의존하고 있다. 평가 기관 역시 상근 직원은 없었다. 사서 자격증을 가진 자원봉사자가 운영 위원으로 활동하는 곳도 있었지만, 상근하지 않은 상태에서 큰 도움이 되기는 어려워 보였다. 이런 상황에서 지자체로부터 재정 지원을 받게 되면 지금보다 이용자가 증가할 가능성이 크다. 그만큼 일도 많아질 텐데 걱정스러웠다.

사실, 운영비로 인력을 채용할 수 있다 하더라도 인건비는 최저시급 수준에도 못 미치는 곳이 많다. 자격을 갖춘 인력 채용이 어려운 이유이다. 인건비의 범위 내에서 근무 시간이 결정되므로 공공도서관처럼 종일 근무도 할 수 없게 된다. 이용 시간의 단축 요인으로 작용한다. 그렇지 않으면 자원봉사자들이 그 시간을 메워야 한다. 자원봉사자의 활동 시간을 늘리거나 충원하여 운영할 수도 있다. 이들이 도서관 업무를 지원할 수 있다고 하더라도 할 수 없는 업무 영역도 존재한다. 도서관의 분류와 편목, 정보서비스, 예산 확보를 위한 공모사업 제안, 연간 운영계획, 프로그램 기획, 이해관계자 간의 조율과 같은 전문업무는 지원하는 데 한계가 있다.

이렇듯, 사립 작은도서관이 상근 직원 없이 주민 자원봉사자의 활동 여부에 따라 도서관의 단순 업무에 치중하게 된다면 지방자치단체 재정 지원의 취지는 약화할 수 있다. 도서관의 전문자격을 갖춘 사서가 업무를 책임지고 운영할 수 있도록 최소한의 조직 기반이라도 갖추어야 도서관의 기능을 원활하게 수행할 수 있다. 자칫, 지자체가 사립 작은도서관에 지원하는 도서 구입비나 프로그램 운영비, 인건비 지원이 적합하지 않다면 '밑 빠진 독에 물을 붓는 격'이 될 수 있다.

특히, 사립 작은도서관의 선정과 동시에 단기간 내에 도서관 공간 확장이나 전문 인력 채용이 이루어지지 않는다면 지속적이고 안정적인 도서관 활성화를 기대할 수 없다. 또한, 아까운 국세 낭비와 주민의 신뢰마저 잃을 수 있다. 적어도 사립 작은도서관이 권역별 공립 작은도서관을 보완하려면 시설, 도서, 프로그램, 조직이 제대로 갖출 수 있도록 지원을 점진적으로 확대할 정책도 연차적으로 내놓아야 한다. 공공도서관을 보완할 사립 작은도서관이 선정되어 지역사회에 개방이 되더라도 풀어야 할 숙제가 산적해 있다. 앞으로도 갈 길이 멀어 보인다. (미게재 원고)

—

새 중부도서관 규모와 착공,
시의회와 중구청에 달렸다

이용자 수가 뚝 떨어졌다.
울산시립미술관 건립에 떠밀려 중부도서관이 셋방살이하면
서 일어난 일이다. 임시 이전한 성남동의 도서관 면적은
북정동 소재 도서관 면적의 4분의 1 정도밖에 안 된다. 도
서관은 자료를 비치할 수 없어 대부분 도서를 울산도서관
에 임시 이관한 상태다. 이용 공간과 읽을 도서가 줄어들
자 이사 전(2016년)에 도서관 방문자가 57만 3,641명에서
2018년 21만 3,519명(63%)으로 급감했다. 임시 도서관의
부족한 학습환경은 이용자의 외면을 받았고, 울산 최초의
공공도서관이었던 중부도서관의 근심은 늘었다.

지난 1월, 새 중부도서관의 부지가 논란 끝에 혁신도시
내의 LH 사업단 부지로 결정되었다. 도서관을 빨리 이용하
고 싶은 주민은 가뭄에 단비 같은 좋은 소식이었다. 의회의
공유재산관리계획 변경이 4월 승인되었고, 6월 말, 행정안
전부의 지방재정 투자 재심사를 앞두고 있다. 주민들은 심

사 결과에 따라 중부도서관의 면모가 드러나므로 울산광역시의회나 중구청 관계자의 안목을 예의 주시하고 있다.

문재인 정부가 2022년까지 '생활 SOC 3년 계획'에 의거, 도서관과 체육관 등 국민 일상생활과 밀접한 시설 구축에 14조 5,000억 원을 투자하여 어느 지역 주민이든 도보 10분 거리에 도서관이나 체육관을 배치한다고 밝혔다. 이런 사실을 시민들이 알고 있기 때문이다.

특히, 새 중부도서관 건립에 주목하는 이유는 신설이 아닌 대체 신축이기 때문이다. 중부도서관을 애용했던 주민들은 도심 속 중부도서관과 동헌을 이용했던 옛 추억을 아직도 잊지 못하고 있다. 그들은 신축될 도서관이 신속히, 그리고 과거 도서관보다 넓고 다양한 서비스를 하루라도 빨리 마주하고 싶어 한다. 어쩌면 주민세를 내는 그들의 당연한 권리이지 않을까. 시정 관계자는 이런 민심을 잘 읽어야 한다.

이런 당위성 외에도 도서관은 단위 면적당 가장 많은 사람이 이용하는 곳이다. 울산도서관은 개관 초기 하루 평균 방문자가 4,000명이었다. 미국 전역에 스타벅스 카페보다 많은 공공도서관도 매일 400만 명이 도서관을 방문했다 (2016년 미국도서관협회). 그들은 공공도서관에서 개설한 프로그램에 1억 1,300만 명이 참여했다. 참가자 수는 메이저 리그급 야구나 축구 그리고 농구를 합친 참여 수보다 많다. 우리나라도 이런 현상은 예외가 아니다. 2017년 교육문화 프로그램에 참여한 수는 2,600만 명 이상이었다. 울산은 지난 4월, 도서관 주간 동안 200여 개의 독서문화 프로그램을 개설했고, 참여자는 사회적 자본 가치를 높였다.

이처럼 많은 이용자가 도서관을 찾는 이유는 누구나 평등한 학습권이 보장되며, 안전하고, 대부분 무료로 이용할 뿐더러, 책과 온라인자료 그리고 프로그램이나 와이파이(Wi-Fi)까지 자유롭게 사용할 수 있는 교육문화의 생활 터전이기 때문이다.

이런 도서관의 기능과 주민의 이용 목적을 고려한다면, 울산의 새 중부도서관은 그 어떤 사업보다 우선이므로 제대로 된 도서관 예산을 책정하고 착공을 서둘러야 한다. 울산 최초였던 공공도서관의 역사를 더한 교육문화관광 명소로 새 중부도서관이 거듭나길 염원한다. (경상일보 2019. 5. 15)

—

세상 어떤 카드보다 좋은
'책이음카드'

'이 카드보다 좋은 것 있
으면 나와 봐!' '책이음카드' 하나로 울산의 여러 공공도서
관에서 20권의 책을 빌린 후 행한 나의 독백이다. 독서 모
임 때마다 같은 책이 여러 권 필요했다. 대학도서관이나
공공도서관은 책을 1권씩 사는 추세였다. 모임에 참여하는
대학생마저 책을 사기보다 빌리는 것을 원하여 대학도서관
에 없는 책을 구하기가 힘들었는데 이 카드의 사용으로 책
구입을 위한 부담까지 덜었다.

　카드를 알게 된 것은 그리 오래되지 않았다. 거주지와 가
까운 곳에 찾는 책이 소장된 공공도서관을 방문했을 때이
다. "회원증을 가져오지 않았는데 책을 빌리고 싶다"라고
했더니 "책이음카드를 발급하면 된다"라고 했다. 회원에 가
입하고 신분증을 제출하니 바로 카드가 제작되었고, 대출도
했다. 이것은 최초로 발급받은 공공도서관에서 이용할 수
있을 뿐만 아니라 다른 지역 공공도서관에서도 등록만으로

이용할 수 있는 '전국 공공도서관 회원 카드'였다.

2016년까지 공공도서관 이용자들은 거주지를 옮길 때마다 도서관 회원증을 별도로 만들었다. 발급 시간이 걸려 바로 책을 빌릴 수도 없었다. 여러 곳의 도서관을 이용하려면 지갑에 회원증을 몇 개씩 갖고 다녔다. 책이음카드의 시행은 개별 도서관 발급과 여러 장 휴대의 불편을 없앴다. 카드는 울산 지역뿐만 아니라 전국에 가맹된 공공도서관 1,419개 관에서도 이용할 수 있어 편해졌다.

카드 서비스도 다양했다. 도서관 이용과 책의 대출은 기본이다. 부가적으로 '희망도서 신청' '대출예약' '대출연장' '전자도서 대출' '열람 좌석 발권'에 이용할 수 있다. 물론, 참여도서관마다 여건이 달라서 모든 서비스를 일률적으로 받을 수 없지만 '유용한 카드'임에 틀림없다.

지금까지 시행 속도로 보면, 전국 공공도서관의 전면 카드 시행은 올해로 추정된다. 그렇다면 울산의 실태는 어떤가? 2017년부터 카드 이용 시행에 들어갔다. 17개 광역시·도 중 일부 지역이 2011년 처음 시행한 점을 고려하면 울산은 많이 뒤처졌다. 대전, 부산, 인천지역의 공공도서관은 전면 시행 중이며, 울산은 66개 관 중 52개 관(78%)이 참여하여 전국 시행기관 평균(83%)보다 낮다. 또한, 시행 2년이 되었지만, 시민들이 카드 서비스에 대하여 아는 사람이 적다는 지적이다.

사실은 나도 2017년 하반기에 독서 모임으로 카드를 알았으니, 1년여밖에 되지 않았다. 현재 서비스를 받는 이는 나와 대학생들처럼 책을 빌릴 목적이 생겼거나 도서관을 일상적으로 이용하는 사람이 대부분이다. 공공도서관을 이용하지 않는 잠재 고객들은 새로운 책이음카드의 서비스에 대하여 거의 모르고 있다.

이 카드가 전국의 공공도서관을 내 서재 삼아 이용하고, 도서를 빌릴 수 있다고 알리자. 또한, 울산 지역만이라도 '대출한 책을 공공도서관 어디에든 반납할 수 있게 허용' 하여 늦장 시행으로 불편했던 시민의 감정을 풀어주면 잠재 고객들의 카드 수요는 증가할 것이다. 책이음카드에 대한 효용 가치도 커질 것이다. 전국적으로 전면 시행에 들어가기 전에 울산의 모든 공공도서관과 관계기관이 연대하여 '책이음카드'를 대대적으로 홍보하는 것을 빨리 보고 싶다. (경상일보 2019. 1. 16)

—

울산 올해의 책,
'한 권' 선정에 부쳐

울산 시민들을 위한 독서 권장 운동인 '원 북 원 울산(One Book One Ulsan)'이 시작되었다. 작년까지 지자체의 구·군 및 교육청 소속의 공공도서관별로 '올해의 책' 사업을 진행했으나 2019년부터 대표도서관인 울산도서관이 시 단위로 통합하고 울산 전역으로 확대한 것은 시민들에겐 반가운 소식이다.

'책 읽는 울산, 올해의 책' 사업은 대상별로 읽을 책을 선정하여 함께 읽고, 독서와 관련된 다양한 행사와 활동을 통해 시민 공감대를 형성하여 책 읽는 문화를 창출하는 데 목적을 두고 있다. 책은 독서 운동의 핵심이다. 수많은 양서(良書) 가운데 독서 운동을 위하여 선정할 '한 책'은 특별한 조건이 요구된다. 독서 릴레이를 통한 독후감을 쓰거나 작가가 쓴 책을 주제로 강연하고 북 콘서트와 연계할 수 있는 책을 염두에 두고 선정해야 효과적이기 때문이다.

'한 책' 추천기준은 연령 적합성, 주제의 수월성과 흥미성, 토론성, 최신성과 시의성을 포함하고 있다. 먼저, 책의 연령 적합성은 다른 시(市)와 달리, 독자층을 5개 부문, 저학년 어린이, 고학년 어린이, 중학생, 고등학생, 성인으로 세분하여 한 권씩 총 5권을 선정하므로 어려움이 없다. 다만 책의 주제나 내용과 관련하여 대상층별로 읽기 쉽고, 흥미로우며 토론할 수 있는지를 검토하는 것이 중요하다.

20년 이상 진행된 미국의 '한 책' 독서 운동에서 선정된 책들은 지역의 다양한 인종적, 민족적 배경을 가진 구성원의 삶을 다룬 문학작품이 많았다. 다문화사회인 미국은 지역사회 구성원 간의 이해와 통합 같은 주제를 많이 다루었다. 최근에는 환경, 빈곤, 평화, 인권, 역사 등으로 다양하게 확대되고 있다. 그중에서 지역을 배경으로 한 작품은 시민의 공감대 형성이 쉽고, 토론을 비교적 활발하게 유도할 수 있어 지역 작가의 작품과 내용을 다루는 것은 참고할 만하다.

그리고 책 선정에 있어 최신성과 관련, 미국의 경우 3년 이내에 발행된 최신 도서를 선호하고는 있지만, 10년 사이에 출간 도서(41.4%)나 20년 내 발행 도서(73.3%)가 다수 포함되어 있다. 반면, 울산의 1차 도서선정위원 회의에서 추려진 9권의 성인 후보 도서는 1권을 제외하고는 작년과 올해에 발행한 최신 도서이며, 40권의 어린이와 청소년 후보 도서는 최신성 일변도에서 벗어나는 경향을 보였다. 컴퓨터나 과학기술 관련 도서는 최신성이 중요할 수 있으나 문학과 역사 그리고 철학처럼 전통적인 인문학 도서는 대개 그렇지 않으므로 선정에 혼선을 줘서는 안 된다.

이런 선정기준을 토대로 2차 도서선정추진위원 회의에서 압축된 대상별 3권의 후보 도서는 3월 초 시행될 '시민 선호도' 조사 결과를 반영하여 올해의 책으로 확정된다. 비록 객관적인 절차를 따라 선정된 '한 책'이더라도 모든 시민이 좋아할 수는 없다. 독자의 기억과 배경지식에 따라 좋아하는지 싫어하는지 영향을 미치기 때문이다.

이런 맥락에서 대상별로 한 권의 책을 선정해서 읽더라도 '다른 경험'을 공유하고 이해하자는 것이 '한 책' 독서운동의 본질임을 되새겨 본다. (경상일보 2019. 2. 20)

울산도서관의 정체성

울산도서관은 울산의 대표 도서관이다. 지난 4월 개관 당시, 이 도서관은 전국에 건립된 대표도서관 중에서 가장 면적이 크고, 우수한 친환경 건축물로 주목받았다. 울산광역시가 시민들에게 오랜만에 큰 선물을 하였다. 시민들은 이에 대한 화답으로 주말 평균 4,000여 명이 도서관을 이용했고, 한 주에 1만 1,500권의 도서를 대출했다. 도서관의 시설 이용이나 대출 실적은 울산을 대표하는 공공도서관임이 틀림없다. 그러나 대표도서관은 공공도서관의 일반적 서비스를 기본적으로 제공하고 추가로 법이 정한 대표도서관의 업무도 이행해야 한다.

대표도서관의 역할에는 여러 가지가 있지만, 그중에서 '공동보존 서고 운영'은 필수다. '다른 도서관으로부터 이관받은 도서관 자료의 보존 업무'가 도서관법에 명시되어 있기 때문이다. 또 다른 이유는 전국의 도서관 수장고가 포화상태에 이른 점이다. 전국 시·도의 공공도서관 수장 공간 부족률은 99%이다. 관종이 다른 대학도 사정은 이와 크게 다르지 않다. 도서관 건물이 아닌 다른 곳에 밀집 서고를 만들지만 이마저도 오래가지 못한다. 그렇다면 공공도서관과 대학도서관 도서의 공동보존 업무 역할을 대표도서관에서 해답을 찾아보는 것은 어떨까.

얼마 전 중부도서관의 장서 23만 권이 울산도서관에 이관되어 보관 중이라는 이야기를 들었다. 중부도서관은 새 건물이 신축되기 전까지 성남동으로 임시 이전한 상태다. 이전부터 장서의 수장 공간이 부족하였지만, 이전한 곳은 더 협소하여 일부 도서만을 남기고 대부분 장서를 모(某)학교로 옮겨 보관했다.

그런데 얼마 지나지 않아 학교에 사정이 생겨 울산도서관으로 다시 이전하게 됐다. 이것은 '지역 대표도서관이 해당 지역의 도서관 지원과 협력을 주도하고 지역 보존서고의 역할을 수행'하도록 규정한 업무를 실행한 좋은 사례이다. 울산도서관이 지역 도서관의 공동보존 서고 역할을 해야 하는 당위성(當爲性)이 여기에 있다.

울산도서관의 지하 1층에는 60만 권의 도서를 수장할 수 있는 공동보존 서고가 있다. 현재 15만여 권이 있고, 5년 뒤엔 32만 권 이상 비치할 것이라고 한다. 매년 3만 권을 수집하면 911.5㎡의 서고 공간은 2030년경 자체 장서로만 채워질 것으로 예상된다. 자료실 서가에 배열된 도서 수가 빠진 것을 고려하더라도 울산 지역의 공공도서관과 다른 관종의 공동보존 서고로서 역할은 거의 기대할 수 없다.

미국의 오하이오 지역 도서보존소는 총면적 1,364㎡이다. 고밀도 서가는 높이를 9m로 설계하여 180만 권을 소장하고 있다. 대학과 공공도서관의 장서를 3,700만 권을 소장한 또 다른 공동보존 서고는 7,500만 권 이상의 장서 관리를 염두에 두고 확장 공간을 미리 확보했다. 이러한 사례를 울산도서관이 신축 전에 반영했더라면 하는 안타까움이 남아 있다.

울산도서관은 울산의 대표도서관이다. 그렇지만 홈페이지의 조직 내용을 보면 대표도서관의 업무보다 일반 공공도서관의 역할에 무게 중심이 실려 있다. 그래서일까. '대표도서관'이란 문구는 도서관의 소개에서 겨우 찾을 수 있었다. 울산도서관의 로고 주변에 '대표도서관'을 밝혀 두면 도서관의 이름은 더 주목받을 것이다.

'대표'는 울산에 있는 모든 도서관을 대신하여 일하는 중요한 위치이다. 대표도서관이 공공도서관의 법정 업무 외에 울산의 18개 공공도서관과 160여 개의 작은도서관 등의 지원과 협력을 위한 컨트롤타워 구실을 한다면 대표성은 강화될 것이다. 더불어 지역 도서관의 공통적 현안인 공동보존 서고 운영 같은 필수 업무를 우선순위에 두고 운영하게 되면 대표도서관의 정체성은 자연스럽게 살아나지

않을까. 우리 고장 대표 '울산도서관'의 정체성을 기대해 본다. (경상일보 2018. 10. 31)

책, 많이 읽을수록
좋지 않은가

시민들이 도서관의 대출 카드(책이음카드)를 은행의 신용카드처럼 돌려 막기를 하고 있다. 타인의 카드를 빌려 대출하는 것이다. 도서관에서 빌린 책이 정해진 기간 내에 반납하지 못해 연체했거나 정해진 대출 도서 수보다 초과하여 빌리고자 할 때 발생한다.

우선, 도서가 연체된 경우 도서를 반납한다고 하더라도 연체한 일수만큼 책을 빌릴 수 없게 된다. 도서관 규정에서 도서 대출 기간을 어긴 벌칙이다. 그리고 도서관마다 1명이 대출할 수 있는 책 수가 정해져 있다. 대개 3권에서 5권까지 빌릴 수 있다. 이보다 더 많은 도서를 빌려야 할 경우가 생긴다. 이와 같은 사유로 인해 타인의 대출 카드로 책을 빌리는 불법을 범하게 된다. 규정상 원래 다른 사람의 대출증을 빌려 사용하지 못하게 금지되어 있다. 하지만 타인의 대출 카드로 책을 빌리는 사람이 적지 않다. 이런 현상은 엄연한 불법이지만 시민들의 독서량을 향상할 수 있다는 측면에서 보면 이해 못 할 것도 없는 일이다.

우리나라 공공도서관의 대출 도서 수는 계속해서 감소하고 있다. 울산도 예외가 아니다. 지난 6년간 우리나라 도서관당 평균 대출 도서 수가 15만 1,618권(2013년)에서 12만 1,528권(2017년)으로 지속해서 감소했고, 울산은 2013년 16만 4,052권에 비해 2017년 16만 762권으로 줄었다. 다른 사람 명의의 대출 카드로 책을 빌리는 것까지 막는다면 대출 수는 더 떨어지며, 대출을 늘리는 데 장애가 된다.

얼마 전의 일이다. 여행 갈 국가의 정보가 필요하여 도서관에서 책을 빌렸다. 도서를 다 읽지 못해 미루다가 연체통지를 받은 후에 반납했다. 덜 읽은 책을 다시 대출하고 싶었으나 기한이 지난 일수만큼 대출이 중지되었다. 답답한 실정이었다. 내가 이 도서관에서 책을 정상적으로 빌릴 수 있는 날은 여행지에 가 있을 때였다. 급한 사정을 담당자에게 이야기하고 지인의 카드로 책을 대출할 수 없냐고 했더니 안 된다는 원칙적 답변을 했다. 읽어야 할 책을 필요한 때에 못 읽게 되자 아쉽고 서운했다.

지인이 자신의 카드 외에 타인 카드로 책을 빌리고 있다는 사실을 담당자에게 말할 수 없는 노릇이었다. 암묵적으로 필요할 때마다 책을 대출해 온 지 오래되었다. 그로 인해 문제가 된 적이 없었다. 타인의 대출 카드로 책을 대출하는 행동이 옳다는 것은 아니다. 이럴 경우는 융통성이 필요하다고 본다. 회원 당사자가 사용한 카드는 지인의 승낙하에 사용하곤 했다. 책을 읽고 싶어 잠시 다른 사람 명의로 빌렸다고 회원자격까지 박탈하거나 막는다면 야박하지 않은가. 도덕적인 측면에서 분명 잘못되었다. 하지만, 대출된 책으로 교양을 쌓거나 지식을 얻을 수 있는 긍정적 효과를 무시할 수는 없다.

또한, 자동 도서대출반납기로 도서 대출을 할 경우를 보자. 다른 회원의 카드로 제재 없이 책이 버젓이 대출된다. 타인의 카드로 대출할 수 없다는 담당자의 원칙적 답변은 유명무실하다. 국민의 세금으로 운영하는 공공도서관 서비스가 규정과 윤리적 관점에서 이용자들의 책 대출을 통제할 것인지, 아니면 타인 카드를 사용하여 이용자가 적시(適時)에 적서(適書)를 대출할 수 있도록 할 것인지, 도서관 관계자의 고민이 필요하다. 대출 카드를 타인에게 빌려줄 수 없다는 회원 규정과 별도로 카드사용을 허용한 사람의 확인을 거치는 내부 지침을 마련하여 대출을 활성화하면 어떨까.

도서관은 시민들에게 한 권의 책이라도 더 대출하여 자원 활용을 높일 수 있는 선택지가 더 유용하다. 시민이 낸 세금으로 운영하는 도서관, 그들이 이곳에서 돌려받은 가장 큰 혜택은 책이었다. 그 밑바탕은 대출 카드의 돌려 막기가 한몫한 것은 부인할 수 없는 사실이다. 책, 많이 읽을수록 좋지 않은가. (경상일보 2019. 6. 19)

—

천상도서관과 공영주차장

울산시 울주군 범서읍 천상리에 천상도서관이 개관했다. 1층은 도서관이고, 2~3층과 옥상(4층)은 공영주차장이다. 도서관은 주민들의 문화공간 확충 요구를 반영한 것이고 주차장은 천상 지역의 고질적인 주차 공간 부족을 완화하기 위한 것이라고 울주군은 설명하고 있다. 인구가 밀집된 천상 지역의 민원을 한꺼번에 해결하는 묘책이 될는지 두고 볼 일이지만 우선 대충 훑어본 도서관은 아쉬운 점이 한둘이 아니다.

어린이실이나 성인들이 이용하는 종합자료실과 휴게실의 좌석은 만원이었다. 책을 읽고, DVD로 영화를 청취하는 이용자들의 열기가 후끈하다. 열람 좌석은 공간이 좁아 숨소리조차 내기 민망해 보인다. 도서관은 책장 넘기는 소리와 의자가 움직이는 백색 소음만 크게 들린다. 협소한 도서관이 아쉽다. 지금까지 지역주민들의 도서관 역할을 해왔던 울주문화예술회관 내 도서관보다 면적과 문화적 향유

공간이 오히려 줄어들었다. '문화공간 확충'이란 말은 어불성설(語不成設)이다.

한편, 공영주차장의 주차면은 70%가량 비어 있었다. '고질적 주차난을 완화'하기 위해 만들었으니 만차가 돼야 이치에 맞다. 그런데 주차된 차들은 거의 도서관 이용자의 것으로 보였다. 왜냐하면, 도서관에는 주로 어린이실이나 종합자료실 이용자가 많았기 때문이다. 폭염에 어린 자녀와 함께 걸어오기는 쉽지 않아 대부분 차를 이용했을 것이란 추측이 가능하다.

무료 공영주차장이 개장했음에도 천상 지역의 주차는 여전히 어렵다. 주차장이 주요 상권과 떨어져 있고, 동네의 끝자락에 자리 잡고 있기 때문이다. 주차장의 활용성을 고려한다면 당연히 상권이 집중된 지역에 있어야 한다. 하지만 천상공영주차장은 주차에 영향을 미치는 이용 거리나 운전자의 심리가 충분히 고려되지 않았다. 주민이 목적지에 가까운 주차면을 찾는 것은 인지상정(人之常情)이다. 지금처럼 공영주차장이 도서관 이용 차량에 국한될 수밖에 없다면 주차장이 분자이고 도서관은 분모인 '가분수'가 되고 만다. 주차장이 3개 층, 도서관이 1개 층이니 면적으로 보아 무리한 비유가 아니다. 덩치가 큰 천상공영주차장은 명패도 못 걸고 도서관 건물의 부설 주차장인 양 보인다.

결국, 좌석이 부족한 도서관과 주차면이 남아돈 주차장

은 혈세를 낭비한 형국이 됐다. 그러니 주민들은 뿔이 났다. "주차타워도 아니고 엄연히 도서관이라고 지은 건물인데 배보다 배꼽이 큰 꼴이 되고 말았다." "차라리 울주문화예술회관 내의 도서관을 그대로 사용하는 것이 나았다." 울산도서관이나 선바위도서관과 같은 근사한 문화공간을 기대했던 주민들의 불만이 여간 아니다.

사실, 천상도서관의 면적 부족이나 주차장의 문제점은 예견돼 있었다. 공사 시작 전이나 시공 때에 '딱한 천상도서관'이란 칼럼을 통해 문제점을 지적했지만 반영되지 않았다. 문화공간 확충과 고질적 주차 문제를 완화하겠다는 취지는 좋았으나 주민들의 수요와 주변 환경에 대한 분석이 더 면밀했더라면 하는 아쉬움이 크다. (경상일보 2019. 8. 21)

#02

대학도서관

—

건강한 사회를 만드는

도서관 강좌

　　　　　　　　　방송 출연 요청이 연이어
들어왔다. '울산을 말한다'라는 칼럼 책 발간 때문이었다.
평범한 시민의 눈으로 바라본 울산 이야기를 진술하게 적
은 21명의 글이 화제가 되었다.

　나는 울산과학대학 도서관에서 올해 한국도서관협회가
주관하는 '길 위의 인문학' 사업 지원으로 칼럼 쓰기 강좌
를 개설했다. 수강생은 퇴직자, 직장인, 주부, 학생 등 중장
년층이었다. 대부분 남의 글을 읽기만 했던 사람들이었다.
　'이들이 평소 생각하던 것'이나, 평소 '이게 아닌데' 하
는 일을 소재로 글을 썼다. 시민들의 의식과 걱정 위를 가
로지르는 관심은 '내 집'에 대한 애정과 궤를 같이했다. 부
박한 습작이라도 현실감 100%였다. "나름대로 현안의 앞
뒤, 인과를 따져보고 문제해결까지 궁리했기에 무릇 관계
기관의 무사안일과 책임회피를 되돌아보게 하였고, 그들의
잠재된 창의력을 채근한 책이다"라고 윤지영 칼럼니스트가

평가했다.

칼럼 내용을 들여다보자. 먼저, 'Y 시청 홈페이지는 시의 얼굴이다'란 글은 시의 홈페이지 화면이 자주 바뀌는 것을 본 수강생이 이를 중국 전통극인 변검에 비유했다. 홈페이지는 기관 안내나 시민이 필요한 정보를 얻기 위해 이용하므로 변검처럼 현란한 화면 변경은 즐겁기보다 당황스럽고 불편하다는 지적이었다. 나도 교육문화행사 정보를 알기 위해 지방자치단체의 홈페이지를 방문하곤 하는데 비슷한 경험이 있어 공감되었다.

다른 하나는 '개가 우선인 동네'란 글이었다. 개 짖는 소음과 악취로 3년여 고통받은 수강생이 관련 기관을 찾아다니며 해결되기까지 힘겨웠던 점을 꼬집고 있다. 글 속에 '다른 사람을 배려하지 않는 개 키우기는 또 다른 형태의 타인에 대한 폭력이다'라는 구절이 정말 가슴에 와닿았다.

이 외에도 '오디세이, 그들만의 잔치' '운행 중 카톡 카톡' '가깝고도 먼 도서관' '쓰레기에 묻힌 낭만'을 주제로 삼았다. 수강생들이 직접 체험한 글이었기에 신뢰와 공감도 컸다.

지난여름, 태풍이 왔을 때였다. TV에 실시간 방영되는 계곡의 급물살과 산사태 현장의 모습은 시민이 찍은 영상들이 많았다. 아무리 발 빠른 기자라고 하더라도 이런 영상을 담을 수 없는 순간의 포착이었다. 적시의 현장 자료가 얼마나 중요한가를 적나라하게 보여주고 있었다. 오늘 방송국으로부터 출연 요청이 들어온 것도 시민이 쓴 지역의 여러 곳 이야기가 이처럼 생생하게 담겨 있어 주목한 것이 아닐까?

수강생들은 칼럼 수가 증가할수록 지역의 일과 사물을 보는 눈이 예리해졌고, 시민 의식도 강직해졌다. 특히, 글쓰기 실력이 두드러졌다. 수업 시간에 합평회를 거친 상당수의 칼럼은 각종 신문에 게재되어 널리 읽혔다. 지역사회 문제를 스스로 통찰하고 칼럼을 기고할 정도로 향상된 실력은 자기 계발의 좋은 사례이자 지역 자원개발에도 크게 이바지했다. 이것이 바로 도서관에서 운영하는 강좌의 힘이다.

도서관 강좌는 시정 관계자와 시민들이 함께 소통할 수 있는 매개자가 됐고 칼럼 글은 지역 공동체 형성에 필요한 하나의 '매체'가 됐다. 이렇듯 건강한 사회를 만드는 추진축이 도서관인 것이 자랑스럽다. (한국대학신문 2018. 12. 5)

대학도서관진흥종합계획,
교육적 기능 확대에 그쳐선 안 돼

제2차 대학도서관진흥종합계획에 포함된 도서관의 추진과제는 학생과 연구자를 위해 '교육'을 시행하거나 확대한 것이 근간을 이룬다. 도서관이 정보원을 매개로 시행할 교육 범주는 기초교양 교육, 정보활용 교육, 논문작성 교육, 연구윤리 교육, 디지털기기 활용 교육 등이다. 교육적 기능은 도서관 본연의 업무이므로 필요성과 중요성을 언급한 것은 반길 일이다. 다만, 교육을 위한 교비 책정의 어려움과 사서 감축 그리고 대학 유형에 따른 차이가 고려되지 않은 점이 흠이다.

먼저 기초교양 교육을 보면, 책을 매개로 한 독서클럽이나, 토론 그리고 다독자 시상과 같은 다양한 독서 활동이 강조되고 있다. 독서가 종합적 사고력과 의사소통, 협력을 유도할 뿐만 아니라 학업 성취도와 높은 상관관계가 있다는 사실이 한몫한 것 같다. 특히, 대학의 각종 평가에서 약방 감초처럼 등장하는 학생역량 강화 실적이 중시되면서 독서교육이 주목받았지만, 운영비나 인력 문제로 포기한 도서관이 많았다.

정보 활용 교육은 학생들의 학습에 필요한 도서관 자원 이용이 필수이므로 95%의 대학이 시행한다. 높은 시행률과 달리, 교육에 참여한 대학생 비율은 2018년 13%에 그쳤다. 급기야 교육부는 2023년까지 전국의 대학에 30%로 확대할 계획을 밝혔다. 13%는 재학생 5,000명인 대학의 경우 연간 650명을 교육해야 하며, 30명 단위로 167개 반을 편성, 1달 동안 매일 8시간 교육에 매달려야 가능하다. 실습까지 할 경우 1명의 사서를 더 배치해야 하므로 대학도서관진흥법에 명시된 법적 최소 인력 2~3명인 대학도서관은 타 업무가 거의 중단되며, 30% 참여율은 사서의 충원이나 정규교과목 편성 없이는 불가능하다.

논문작성 교육에서도 전문대학이든 4년제 대학이든, 혹은 대상자가 학부생, 대학원생, 교수별에 따라 논문작성 지원의 난이도가 다를 뿐 과제나 소논문, 교수의 학술논문 작성 지원 인력은 정보 활용 교육과 비슷하다. 최소 인력만 유지하는 대학은 도서관의 의지와 상관없이 논문작성 지원 인력이나 자격의 한계로 질적 서비스를 기대하기 어렵다. 또한, 사회 문제가 되는 논문 표절이나 연구 부정행위와 같은 연구윤리 교육도 사립대학 43%가 시행하지만, 전문대학은 표절 방지 도구 구입조차 어려워 연구자들은 차별받고 있다.

　이 외에도 기존 열람실을 개선해 토론과 협업 활동을 통해 취·창업을 연착륙할 수 있도록 메이커 공간을 만들고 3D프린터나 미디어 제작 관련 디지털기기 교육까지 해야 한다. 교육부가 교육적 범위를 확대한 만큼 교육부의 제2차 대학도서관진흥종합계획이 좋은 성과를 내기 위해서는 교육적 기능 확대란 선언적 의미에 그쳐선 안 된다. 추진 과제 이행에 수반되는 예산과 인원, 대학별 특성을 반영해야 대학도서관 진흥을 앞당길 수 있다. (한국대학신문 2019. 3. 6)

대학도서관평가에
대한 단상

전국의 대학도서관은 개학의 분주함만큼이나 대학도서관발전계획을 작성하느라 바쁜 3월을 보내고 있다. 대학도서관은 시범 평가 영역 중 하나인 '도서관 발전 기반 및 사서 역량 강화' 점수를 받기 위해 2017년 추진실적과 2018년도 시행계획서를 3월 30일까지 교육부에 제출해야 한다. 교육부는 대학도서관진흥법 시행령(2015년 9월 28일)에 따라 매년 대학도서관을 대상으로 '대학도서관진흥종합계획 수립'과 함께 '대학도서관평가'를 실시해 오고 있다.

대학도서관진흥법은 대학도서관의 진흥을 위한 법적 장치다. 교육부는 본 평가(2019)에 앞서 대학도서관 역량 강화와 자체 진단을 위해 대학도서관 시범 평가를 3개년(2016~2018) 동안 실시 중이다. 그동안 대학도서관계는 대학도서관진흥법의 문제점에 대해 개선 요구를 꾸준히 해왔다.

시행령 초기, 이 법에 대한 만족도(한국대학신문 2015년

11월 17일)는 부정적 의견(72%)이 압도적이었다. 이럴 수밖에 없는 단적인 예는 사서 최소 기준(대학 3명, 전문대학 2명)을 적정 인원으로 해석하여 도서관 현장에서 인원을 감원하는 사례가 발생했기 때문이다. 급기야 교육부는 '최소 기준이란 현재 기준에 미치지 못하는 열악한 대학도서관이 최소한의 업무를 수행하기 위한 기준이므로 이를 적정 인력으로 간주해 인력을 조정하지 말도록 했다. 향후 평가 때 법 시행 전후의 인력 감축 시 불이익 가능성을 밝혔다.' 그럼에도 불구하고 불만은 여기서 그치지 않았다. 2017년에도 교육부는 평가와 관련해 시스템의 안정성 확보와 대학의 평가 부담 최소화, 현장의 준비 기간의 필요성을 이유로 논의해 오던 정성평가를 2018년 제외하자 도서관계와 언론은 '계획 임의 변경 논란' 및 '반쪽짜리 평가'라며 거세게 반발하기도 했다.

올해로 시범 평가는 끝이 난다. 본 평가가 코앞에 다가온 현재 대학도서관계의 반응은 어떤가? '2017년 대학도서관 진흥을 위한 연구자료집'에서의 분석 결과는 대학도서관에서 수립한 발전계획대로 예산, 인력, 시설의 개선과 대학도서관진흥종합계획이 대학도서관을 진흥시키고, 대학도서관 발전 종합계획이 개별 대학의 중장기 발전계획의 반영 여부를 묻는 말에 회의적이었다. 물론 긍정적인 측면도 있었다. 대학도서관 발전 종합계획을 수립하면서 도서관 내부 구성원과 도서관의 운영 방향을 공유하는 계기가 될 수 있다. 또한, 대학도서관 발전계획 실적분석 자료는 현장의 대학도서관진흥종합계획 수립에 도움을 줄 뿐만 아니라 교육부의 2018년 대학도서관 추진과제 방향 설정에도 큰 도움이 될 것으로 생각한다.

이런 관점에서 대학도서관 종합진흥계획과 대학도서관평가가 성과를 내려면, 그 해답은 대학도서관진흥법 시행령 제7조(대학도서관 평가) 관련 3항에 있다고 생각한다. '교육부 장관은 제1항에 따른 평가 결과를 대학의 각종 평가 또는 인증에 포함한다'라고 한다면 법적 실효성이 가시화될 수 있다. 즉, 대학기관평가, 대학 구조개혁 평가, 대학정보공시, 각종 국비 지원사업과 대학도서관평가가 연계되면 자동으로 대학의 종합발전계획으로 연결되므로 도서관은 대학의 정보 허브로서 플랫폼 역할을 하게 된다.

4차 산업사회의 주요 키워드는 '연결'임을 다시 생각하자. (한국대학신문 2018. 3. 14)

—

도서 폐기는 필요악이다

어떤 책이 수십 년간 이용한 흔적이 없다면 그것을 도서관에 보존할 가치가 있을까. 대학도서관이 수십 년 동안 아무도 찾지 않는 책을 보관하는 이유는 여러 가지다. 한 갈래는 장서 보유량 때문이다. 대학의 역사적 상징성을 확보하기 위해 폐기하지 않는 것이다. 다른 하나는 대학도서관 평가 요소인 재학생당 기본 도서 수를 맞추기 위해 폐기를 미루게 된다. 남은 하나는 도서관 나름의 폐기 일정을 기다리고 있는 것일 테다. 어떤 선택을 하든, 어떤 이유에서든 폐기를 미룰 수는 있지만 결국 언젠가는 폐기를 선택할 수밖에 없다. 공간의 한계가 올 것이기 때문이다.

대부분 대학도서관은 증가한 책 수에 따른 공간 확보가 어려워지자 도서 반감기에 관심을 두게 됐다. 오랜 기간 이용 흔적이 없는 도서를 폐기할 수 있도록 1970년대부터 '도서 폐기 기준'도 만들었다. 폐기는 장서의 유용성과 공간의 활용성을 높이는 수단이다. 이용할 수 없는 훼손(낙서·파손·오손) 도서나 여러 권을 보유한 책은 공간 확보를 위해 한 권만 남기게 되는데 이런 경우는 폐기에 대한 부담이 없다. 문제는 반감기에 들어선 불용도서다. 이들은 폐기하고 나면 보유 장서량과 자산가치까지 감소하므로 법적 장치가 있어도 주저하게 된다. 대학도서관 평가 지표에 장서의 충족 요건만 있고 유용성 평가를 위한 폐기지표가 없는 것도 망설임의 이유가 된다.

얼마 전, U 대학도서관은 장서 보관 공간이 부족해 평가에 필요한 장서 수를 고려한 후 3만여 권을 폐기했다. 폐기로 볼 수 없는 국내 도서는 국립중앙도서관과 국회도서관에 대부분 영구 보존하고 있으니 이용할 수 있다. 다만, 두 기관이 선별 수집에서 빠뜨린 국내 도서나 특정 외국 도서가 유일하게 U 대학도서관에 있었다면 그 책은 폐기에 신중해야 한다.

'지식은 반감기가 있어 언젠가는 유효기간이 만료된다. 학문별 반감기는 물리학 13년, 종교·경제학·수학 9년, 심리 및 역사는 7년이다. 도서의 반감기를 알면 도서관은 장서가 쓸모없이 서가의 자리나 차지하는 모습으로 전락하기까지 얼마나 걸릴지를 알 수 있고, 이에 따라 책의 보존 기간을 판단할 수 있다.' 하버드 대학 정량사회과학연구소 연구원이 쓴 ≪지식의 반감기≫ 중에 '도서관에서 쫓겨나는 책들'에 수록한 내용이다.

도서의 폐기는 현재의 도서관 이용자들이 선호하는 책을 쉽게 이용할 수 있도록 하고 새로운 공간 할애를 위해 필요(必要)한 조치이지만 후대가 학문을 고증할 때 지식을 단절시킬 수 있다는 점에서 악(惡)이 될 수 있다. 자칫 폐기한 도서를 다시 이용하느라 예산을 낭비할 수도 있다. 도서 폐기는 책의 생명을 다루는 일이다. (한국대학신문 2019. 9. 25)

—

도서관 리모델링,
좌석 수가 줄면 곤란하다

도서관이 변하고 있다. 기존의 노후한 실내 환경을 보다 사용하기 편하고 보기도 산뜻하게 바꾸고 있다. 학생들을 대상으로 한 '대학 만족도' 조사에서, 도서관 열람실 환경에 대한 불만이 높게 나타났다. 대학은 학생들의 불만을 개선하고, 학습역량을 강화하기 위해 도서관의 환경을 개선하기 시작했다. 대학도서관진흥 종합계획(2019~2023)에서도 '창의적, 협력적 학습환경 구축'이 포함되어 신개념의 공간구성이 불가피해졌다.

방학을 이용하여 공간구성을 한 학교가 꽤 많았다. 리모델링한 대학도서관 대부분은 기존 환경보다 훨씬 나아진 모습이었다. G 대학교 도서관은 새롭게 단장한 후에 도서관 방문자 수가 5배로 껑충 뛰었다는 담당자의 귀띔이 있었다. 그리고 보니 우선 책을 읽는 데 가장 필요한 도구인 의자부터 바뀌었다. 엉덩이를 깊숙이 넣고 혼자 책을 읽을 수 있어 편하고, 모양도 개성이 있었다. 자료를 검색할 수 있는 PC도 신형이었고, 학생들이 조별로 협업하여 과제 할 수 있는 공간도 충분했다. 장비 활용이 용이한 창작공간, 에너지를 보충할 수 있는 식음료 카페, 낮잠을 잘 수 있는 공간이 학생들의 발걸음을 잡기에 충분해 보였다.

이처럼 학습환경을 구성하려면 도서관의 면적이 가능해야 한다. 교육부는 대학도서관의 자료실이나 열람실의 불필요한 공간을 정리하고 재배치하여 새로운 공간인 취업과 창업 활동을 지원하는 메이킹 공간, 디지털기기 관련 공간을 만들 것을 주문했다. 대부분 대학도서관은 새로운 공간을 확보하기가 어려워 기존의 실(室)이나 유휴 공간을 대체하거나 활용하여 재구성하게 된다. 그곳에 배치된 서가나 책상, 의자는 일부 빼내야 한다. 또한, 학생들은 고정된 가구보다 이동이 가능한 것을 좋아하므로 활동을 고려한 넓은 공간도 필요하다. 새로운 공간구성과 가구 배치는 학습 분위기를 개선할 수 있지만, 학생들이 공부하는 열람 좌석을 줄일 여지가 매우 크다.

특히 책상과 의자만 있는 일반열람실 일부를 새로운 공간으로 구성하면 이것으로 인해 줄어든 좌석 수는 대학 기본시설 규정을 위반할 상황에 부닥치게 한다. 열람실은 대학설립·운영규정에 대학 교육기본시설로 학생정원의 20% 이상을 수용할 수 있는 좌석을 갖추게 돼 있기 때문이다. 게다가 열람실은 학생들의 이용 선호도가 가장 높은 곳이므로 환경개선을 할 때 다른 공간에서 좌석 수를 보충할 수 없으면 축소는 신중히 결정해야 한다.

더불어 도서관의 총면적은 학생 1인당 1.2㎡를 확보하고 있어야 한다. 그렇지 못한 대학은 새로운 공간구성과 환경조성으로 열람 좌석 수의 부족은 더욱 심각해진다. 교육부는 대학도서관의 공간혁신 정책을 제대로 추진하기 위해 대학도서관진흥법의 면적 기준과 대학설립·운영 규정의 열람실 좌석 수의 법적 기준을 적용해야 한다.

벤치마킹했던 대학도서관의 학생들이 빈자리를 찾아 서성이고 있었다. 리모델링으로 열람 좌석 수가 줄면 곤란하지 않겠는가. (한국대학신문 2019. 6. 26)

—

도서관은
전래동화를 꿈꾼다

매년 대학의 도서 대출량을 조사한 통계가 나온다. 대출 감소 추세선이 변곡점이기를 고대했건만 올해도 허사였다. 서울지역 대학의 재학생 1인당 대출 책 수가 12권으로 10년 전의 28권보다 줄었다. 일반대학은 5권, 전문대학은 2권에 불과했다.

옥스퍼드대(108권)나 하버드대(98권)에 비교하면 우리의 상황은 가혹했다. 그나마 빌린 책마저 전공이나 학업 관련 책을 대출했고, '교과서를 빼면 실제 빌린 책은 1인당 1권이 될지 모르겠다'라는 조선일보의 5월 16일 자 논설을 보니 가슴이 먹먹하기까지 했다.

과제에 필요한 자료를 어디서 찾느냐고 물으면 학생들은 십중팔구 포털이라고 답한다. 인터넷상에는 자료가 풍부하고 자료를 쉽게, 편리하게 이용할 수 있으니 도서관에 오지 않는 것을 탓할 수 없다. 인쇄 도서가 아니라도 전자형태의 자료들을 다양하게 활용할 수 있기 때문이다. 다만, 인터넷에서 퍼 나르는 자료가 정확한지 변별할 수 있는 능력이 부족하므로 염려될 따름이다. 게다가 과제를 해결하는 데 참고해야 할 전공 도서마저 전자형태로 출판된 자료가 적은 데에 더 큰 문제가 있다. 그래서 많은 인쇄 도서를 소장하고 있는 도서관을 찾아야 하는 이유이기도 하다.

도서관은 학생의 수업과 인성에 도움이 되는 책을 선정하는 것이 주요 업무 중 하나이다. 도서관은 자료의 선택 기준을 참고하고 학과 교수의 요청 도서를 반영하여 양서를 구매하여 구비하고 있다. 대학 생활에 필요한 장서는 거의 갖추고 있다고 해도 과언이 아니다. 특히, 학생 1인당 최소 기준(대학도서관진흥법)을 충족시켜야 하므로 학생정원이 감소하지 않는 한, 활용할 소장 도서는 줄지 않는다. 매년 장서량은 지속적으로 증가하는 데 반해 학생들의 도서 대출량은 반대로 감소하고 있다.

도서관은 학생들이 책을 읽게 만들기 위해 다양한 행사를 실시했다. 독서가 학생들의 성적에 영향을 미치고, 개인 학습역량 강화에도 유익함이 증명됐기 때문이다. 도서관은 독서클럽이나 독서캠프 참여자를 모집하여 정기적으로 운영하고 있다. 하지만 자발적이기 때문에 참여자는 그리 많지 않은 상황이다. 자연히 행사 기간 동안 관련 도서를 대출한 양도 미미할 수밖에 없다. 결국, 행사를 치르고도 마음이 힘든 이유이다.

이에 일부 대학은 반강제적으로 학생들에게 책 읽히기

전략을 세웠다. 학점 연계 교과목 개설이나 독서인증제가 이에 해당한다. 비교과 교육시스템에 넣어 교수와 학생의 참여를 끌어내는 곳도 있다.

K 대학은 '다독다톡(多讀多Talk)'이라는 프로그램을 기획했다. 교수와 학생 70% 이상이 독서클럽에 참가해 학생 1인당 대출 도서는 일반대학의 5권과 맞먹는 수준을 만들었다. 다른 전문대학에 비해 2배 이상의 큰 성과를 냈다. 대학이 만든 독서환경 조성과 도서관의 도서 대출 서비스가 든든한 뒷배가 됐다. 대학과 도서관, 교수와 학생의 조화로운 협력이 이뤄낸 소중한 열매였다.

부탄의 전래동화와 맥을 같이한다. 동화에 의하면 4마리 동물이 매일 맛있는 과일을 따 먹으며 조화롭게 살기 위해 머리를 맞댔다. 새는 과일 씨앗을 물고 와 심고, 그 자리에 토끼는 물을, 원숭이는 거름을 주고, 코끼리는 나무가 자랄 때까지 보호해 마침내 열매가 달렸다. 하지만 각자가 딸 수 없게 되자 코끼리가 나무 밑에 서고, 원숭이, 토끼, 새가 순서대로 올라타서 달린 열매를 따 먹으며 행복하게 살았다는 이야기다.

부탄의 전래동화에 나오는 동물처럼, 학생들의 도서 대출 하락을 막는 것도 '개별'보다는 학생과 교수 그리고 사서의 '협력'이 답이 되지 않을까. (한국대학신문 2019. 12. 9)

—

밝은 미래는 살맛
나는 대학도서관에서

도서관에 외부 이용자들이 부쩍 늘었다. 여름방학에 접어든 것이다. 대학도서관은 구성원에 지장이 없으면 지역주민을 위해 시설과 자료를 개방하도록 관련 법률에 명시돼 있다. 이 취지에 따라 대학은 지역사회 주민들에게 도서관의 자료와 열람실을 개방해 주민의 지식 총량을 높일 뿐만 아니라 대학 기관평가 항목인 대학의 사회적 책무 관련 실적도 높이고 있다.

그렇다면 대학도서관의 지역사회 개방률은 어떨까? 2016년 필자가 조사한 자료(한국도서관협회)에 의하면, 우리나라 사립대학 도서관의 외부인 개방은 48%, 국공립대학도서관은 71.2%이다. 외국은 유료화 중심으로 대부분 개방하는 것으로 조사됐다. 이에 비해 137개 전문대학도서관의 지역사회 개방은 23%에 그쳤다. 특히 전문대학도서관이 방학 중 주말이나 야간에 자료실을 개방하는 비율은 더 낮았다.

U 대학도서관은 최근 20여 년 운영해온 방학 중 토요 근무를 없애고, 평일 근무 시간도 단축했다. 인원 감축 때문이었다. 방학과 학기 중 주말에 학생보다 외부 이용자가 70%를 차지할 정도로 많았다. 평일 오후 7시 이후에 근무를 마친 직장인이 도서관을 이용하고 책을 많이 빌린다는 것을 통계로 알고 있었지만 무시할 수밖에 없었다.

대학도서관 관계 부처나 지방자치단체 그리고 대학 당국은 대학도서관이 공공재에 준한다는 인식을 거의 하지 않는 것 같았다. 대학의 사서마저도 대학도서관이 지역사회 주민에게 적극적으로 서비스하려는 의지보다는 최소 기본만을 지원하는 자세를 취했다. 물론 대학 사정을 생각해서이겠지만 그렇다고 언제까지 간과할 수 없는 일이라고 본다.

또한, 일부 적극적으로 개방하는 대학마저 업무 가중과 부가적 비용 발생의 딜레마를 겪고 있다. 4년제 대학은 외부 이용자가 도서관 이용 시 유료 서비스로 지원할 수 있는 여건이라도 좀 되지만 전문대학도서관은 그런 사정이 못 된다. 오랫동안 리모델링을 하지 않아 시설 노화로 불편한 점이 많고, 최소 직원으로 광범위한 서비스도 어려우므로 61%가 무료로 서비스한다.

반면에 지역사회의 공공도서관은 주민들의 삶의 생활문화터전으로 자리 잡고, 존재감을 높여가고 있다. 지속적인 예산과 시설 그리고 인력의 지원이 원활한 서비스를 할 수 있는 동력이 되었다. 반대로 대학도서관은 지역사회 개방에 따른 법적 및 대학기관 평가의 명분마저 도외시한 채 도서관 자원을 지속해서 감소시키고 있어 도서관의 지역사회 개방의 취지가 본래의 의미를 잃어가고 있어 딱한 노릇이다.

대학도서관은 지역 커뮤니티센터로서 역할이 가능하도록 학교와 주민이 함께하는 장소를 만들어야 한다. 주민들이 도서관을 더욱 적극적으로 이용하고 관심이 따라야 가능한 일이다. 대학도서관이 지역주민에게 적정 자원을 갖추고 여가와 교육이 공존하는 복합문화 공간의 기능을 제공할 때, 비로소 지역사회 대학의 책무를 다하게 된다. 밝은 미래는 살맛 나는 대학도서관에서 시작돼야 한다. (한국대학신문 2018. 6. 27)

—

지정도서와 예약 밥상

대학도서관의 지정도서는 강의계획서와 연동하여 구입하는 것이 일반적 사례이다. 지정도서(reserve book)는 학기 수업에 필요한 도서이다. 이들 도서가 강의계획서의 참고문헌란에 적혀 있다. 참고문헌은 한 학기 동안 교수가 가르칠 주교재를 보완하는 참고자료이다.

도서관은 참고문헌 목록을 참고하여 미소장 도서는 구입하고, 소장 도서는 찾아서 수업 진도에 활용할 수 있도록 별치해 두고 있다. 이러한 지정도서의 운영 취지와 달리 참고문헌 목록을 제공한 일부 교수는 강의계획서에서 밝힌 도서가 도서관에서 학생들을 위해 지정도서로 도서를 구입해 활용하는 용도를 모르고 있었다.

지정도서의 생명은 학기 강의 시작 전에 구비해둔 도서가 수업 진도에 맞춰 적시에 학생들이 이용할 때 살아난다. 고객이 식당에 예약한 밥상과 다르지 않다. 고객이 예약한 시간에 식당에 도착하면 차려둔 주문 밥상을 바로 먹을 수 있듯이, 지정도서도 수업 전에 도서관에 갖추어 두므로 학생들이 필요한 때에 와서 예약 밥상처럼 이용할 수 있다.

이런 절차대로 모든 대학도서관이 지정도서를 구입하여 지원할 것으로 예상한다. 2019년부터 강의계획서와 연동한 장서 개발을 할 수 있도록 교육부가 대학도서관 평가 항목에 포함했기 때문이다. 지정도서의 활성화는 교수의 교수법과 학생의 학습 방법의 변화와도 맥을 같이한다.

최근 NMC Horizon Report에서 개별학습과 자기 주도적 학습이 4차 산업사회에서 더욱 강화할 것이라고 한다. 과거 교수 중심의 하향식 교육에서 학생 중심의 상향식 학습으로 진화함을 의미한다. 이때 강의계획서와 연계한 지정도서의 활용은 강의 의존형 주입식 집단교육에서 탈피하고 학생들이 주도적 개별학습을 조장하는 데 중요한 매개자의 역할을 하게 된다. 학생이 수업에 필요한 자료로 선행 학습하고 수업 시간에 부족한 부분을 교수로부터 보완 지도를 받는 식이다. 이때 교수의 역할은 수업의 촉진자 역할로 변화된다. 이러한 수업 방법의 변화는 학생들의 창의력이나 비판력 그리고 판단력을 키우는 데 크게 기여하게 된다.

이처럼 학생들이 스스로 학습하는 데 필요한 지정도서의 중요성이 부상하는 것과는 달리, 지정도서를 적극적으로 안내해야 할 교수의 강의계획서가 신경을 써서 목록을 작성하는 것 같지 않았다. 매 학기 강의계획서에서 기록된 지정도서를 보면 지난 학기 때 사용한 참고문헌을 그대로 복사한 경우가 흔하다. 바뀐 도서가 있다고 하더라도 가감이 된 도서가 적었다. 개정판이 나온 도서임에도 불구하고 초판만 기록하거나 단행본 일색의 목록도 있다. 잡지, 시청각자료, 전자자료와 같은 다양한 매체를 적은 목록은 많지 않았다. 심지어 목록이 없는 경우도 있었다.

왜 이런 현상이 일어나는지, 몇 명의 교수에게 연락했더니 의외의 답변을 받았다. "제출한 강의계획서에 기록한 참고문헌이 지정도서로 도서관에서 구입하여 학생들에게 이용시키는지 몰랐다.", "참고문헌란에 부교재 도서를 적어두면 목록의 도서를 구입해야 하는지를 문의하는 학생들의 전화가 오므로 빈칸으로 남겨두게 되었다.", "형식적 서류로만 인식해 과거 자료를 그대로 복사해 사용했다"라는 경우였다.

교수들의 상당수는 도서관에서 지정도서를 운영하는 취지를 모르고 있었다. 그래서 생각해 보니, 도서관 측에서 교수가 작성한 참고도서 목록이 지정도서로 채택되어 학생들의 수업을 지원하는 도서로 활용한다는 것을 교수들에게 안내한 적이 없음을 알게 되었다. 교수들이 지정도서 제도를 당연히 알고 있다고 생각했던 것이 화근이 된 것이다.

또한, 예약한 식당에 밥상이 차려져 있다손 치더라도 밥상에 사용된 식재료가 제철의 것을 사용하지 않거나 고객이 도착했을 때 따끈따끈한 음식을 제공하지 않는다면 어떻게 될까. 영양과 맛이 떨어져 고객의 외면을 받을 것이다.

도서관에 준비된 지정도서도 마찬가지다. 교수가 해당 학기에 적합도가 결여된 도서 목록을 제시한다면 도서관도 쓸모없는 도서를 비치하여 예산 낭비까지 초래하게 된다.

식당의 음식이 제철과 제때 먹어야 몸에 이롭듯이, 도서관의 지정도서도 해당 학기에 학생들이 수업 진도에 꼭 필요한 도서를 읽을 수 있도록 준비되어야 도움이 된다. 학생들에게 필요한 책을 제때 공급하고 싶다. 이 또한 무한대의 시장 논리가 판을 치는 경쟁 시대에서 사회적 약자인 학생들에게 힘이 되는 일이라고 생각한다. (한국대학신문 2018. 8. 29)

—

창의 공간으로
부상하는 대학도서관

학생들이 토론하는 소리가 들렸다. 소리를 따라가 보니 도서관 1층에 만들어져 있는 창업 공간에서 여러 명의 학생이 모여 공부하느라 여념이 없었다. 다른 공간에는 창작 전시가 열리고 있고 또 다른 공간에는 디지털기기로 창작품을 만드는 방이 조성되어 있었다. 이곳은 한 대학도서관의 로비 모습이다. 도서관 일부분이 소란이 용인되는 학습 공동의 작업장으로 변모해 있었다.

NMC Horizon Report(2017)에 의하면 대학도서관에 메이커 스페이스(maker space)를 만드는 것이 향후 3년 동안 주요 추세가 될 것으로 전망했다. 메이커 스페이스는 자료와 도구를 사용해 아이디어를 개발하거나 제작하도록 만들어 놓은 창의 공간이다. 가령, 옷을 만든다고 가정하면 메이커 스페이스에 옷을 만들 수 있는 기계인 재봉틀이 비치된다. 도서관은 재봉틀 사용법을 동영상으로 준비하거나 재봉 멘

토를 연결하여 학생들이 학습을 이어가도록 환경을 만든다.

메이커 스페이스를 활용한 수업은 정규수업보다 비교과 교과목 영역에서 많이 활용하는 추세이다. 최근 들어 정규 교과목의 교보재 제작이나 기계 부품 만드는 수업에서도 큰 관심을 보인다. 학생들은 자기 아이디어를 도구로 활용하여 만들 수 있는 물리적 환경이 도서관에서 지원되자 새로운 수업실습 장소로 부상하고 있다. 이런 추세에 편승하여 3D 프린터와 스캐너와 같은 작은 기기는 물론 레이저 커터와 같은 대형 디지털기기까지 비치해 활용하는 도서관도 급증하는 양상이다.

국내 Y 대학에 조성된 창의 공간인 Y-Valley가 그 예이다. 도서관은 라운지가 노후화되자 디지털 기술의 발전에 따른 새로운 학습환경을 구상하고 창업동아리, 상품 제작, 창작물 전시, 토론, 휴식이 가능한 메이커 스페이스를 만들었다. K 대학의 CJ Creator Library도 미디어 기반의 창업을 장려하기 위해 장비와 공간을 갖추었다. 이곳에서 영상 콘텐츠 인재 양성이나 1인 창업을 지원하고 있다. 그 결과 이들 도서관의 이용자 수도 동반 상승했다. 도서관 분위기마저 정적에서 동적인 학습환경으로 긍정적 변화가 나타났다.

외국의 대학도서관 메이커 스페이스의 운영 사례는 흔하다. John Burke는 2013년 도서관의 36%가 메이커 스페이스를 조성했고 1년 안에 46%가 구성될 것이라 발표했다.

Landgaraf는 2015년 도서관 메이커 스페이스에서 제공하는 체험행사에 대한 인식이 변하고 더욱 확장되리라 전망했다. 미국도서관협회나 NMC Horizon Report 보고까지 종합하면 대학도서관 메이커 스페이스 마련은 선택이 아닌 필수 추세임이 틀림없다.

대학도서관은 지식정보 및 학습센터로서의 본래의 기능도 있지만 시대 변화에 따라 지식생산 및 교육센터의 역할도 요구된다. 학생들은 디지털 학습공간에서 자료를 공유하며 새로운 첨단기술을 활용하여 만들고 놀기 때문에 공동 학습장 조성은 증가할 수밖에 없다. 이런 의미에서 대학도서관은 대학의 기본시설로 책을 사고 정리하여 제공하는 역할에 머문다면 대학 경쟁력은 기대하기 어렵다.

4차 산업사회는 협력과 공유 그리고 연결이 강조되는 시대이다. Fisher는 대학도서관에 메이커 스페이스를 두는 이유가 '학제 간 협력을 통해 학습과 창작에 중점을 둘 수 있는 장소여서'라고 했다. 오바마 미국 대통령은 재임 시절 도서관의 메이커 스페이스 지원 정책을 폈듯이 세계적 추세를 거역할 수는 없다.

'오늘의 메이커(Maker)가 내일의 미국을 만든다'라고 말한 오바마의 연설이 생각나는 날이다. (한국대학신문 2018. 1. 13)

책 소독기

도서관 대출대 입구에 책 소독기가 외롭게 서 있다. 책 소독을 위해 1년 전에 사들인 기계다. 구매 당시, 새로운 물건에 관심을 가진 이용자 몇 명만 사용했을 뿐이다. 기계는 전시용이 되었다.

원래는 책의 '소독'보다는 '먼지'를 털어낼 용도였다. 도서관의 냉·난방 공사 때문이었다. 도서관의 자료실은 드릴로 천장과 벽에 구멍을 내고, 파이프를 장착하고, 기계를 설치하느라 한 달간 문을 닫았다. 공사가 끝나고, 비닐을 제거하자 책은 먼지를 뒤집어쓴 상태였다. 서가에 배열된 도서를 그대로 둔 채, 비닐만 덮은 것이 화근이었다. 청소기로 책 위의 먼지를 흡입하여 봤지만, 제거가 되지 않았다. 청소업체가 먼지떨이기로 책 위에 바람을 분사도 했으나 공중에 떠다니는 먼지는 잡을 수 없었다. 창문 밖으로 나가는 먼지는 일부에 지나지 않았다. 부유 중인 먼지는 다시 책 위에 내려앉았다. 책은 손으로 만지면 바작거렸다.

서가의 책 몇 권을 빼고 넣기를 반복하면서 먼지를 털어보 았다. 허사였다. 대신 훤히 드러난 팔뚝이 간질간질해졌다. 미세먼지가 달라붙은 것이었다. 손에 묻은 먼지를 씻다 보 니 피부가 부풀어 오른 것이 보였다.

먼지 때문인 줄 알았는데 벌레가 살갗을 문 것 같았다. 책에는 신종플루바이러스(New influenza virus/H1N1), 손세 균(Hand carry bacteria), 책벌레(Booklice), 대장균(Escheri chiacoli), 곰팡이(Midew), 포도상구균(Staphylococcus aureus) 과 같은 것이 산다고 한다. 도서관이 이들의 서식지임을 알 고 있었는데 잊고 살았다. 벌레들은 습생이 서가처럼 어둡 거나 바람이 잘 통하지 않는 곳에서 태어난다. 책 자체가 '책 벌레'의 집이자 집성촌이다. 몸집이 1밀리미터 정도로 아주 작으니 잘 보이지도 않는다. 벌레는 책 속의 먼지를 둥지 삼아 책과 한 몸 되어 그 속에 핀 곰팡이를 먹고 산 다. 이용자가 흘린 음식 찌꺼기나 쏟은 음료의 잔존 물량은 그들의 특별식이자 만찬이 되기도 한다. 그래서 도서관은 음식과 음료의 반입을 못 하게 한다.

'침을 바른 손으로 책장을 넘기지 마라'라고 하는 것도 이런 이유이다. 간혹 책장이 넘겨지지 않으면 자신도 모르 게 손을 입에 갖다 댄다. 독자의 위생 관념이 마비되는 순 간, 손과 입에서 나온 세균이 함께 책으로 옮겨진다. 손 못지 않게 입안은 세균, 바이러스, 곰팡이, 원생동물의 정글이다.

벌레들은 습한 우기에 활동이 왕성하다. 습기 때문에 창문마저 열 수 없는 여름철은 유충에겐 먹거리가 풍부한 때이다. 옛 선인들이 장마 끝자락 즈음 다락에 쌓인 너덜너덜한 책을 들어내 그늘에 널어 바람을 쐬는 이유가 곰팡이를 죽이고 유충을 털어내기 위한 지혜였다. 지금은 그리하기엔 책이 너무 많다. 책을 소장하는 서고와 자료실의 창문을 다 열자면 문만 여닫는 사람을 두어야 할 정도로 성가신 일이다. 과거처럼, 도서관의 문을 함부로 열 수도 없다. 열린 창문으로 책을 도둑맞을 수도 있다. 바깥에 웅크리고 있는 공기 중의 미세먼지는 더욱 큰 적이다. 이러저러한 이유로 결국 도서관은 문을 열지 않는다.

대신 공기청정기와 책 소독기와 같은 최신 기기들이 자리를 점령했다. 디지털시대에 유용한 기계이다. 공기를 정화시키는 공기청정기는 직원이 알아서 켜고 끄니까 이용자로선 신경 쓸 것이 없다. 하지만 책 소독기는 이용자들이 직접 설명서에 따라 해야 한다. 성가신 일로 생각하는 것 같다. 미세먼지로 마스크는 낄지언정 책의 먼지는 신경 쓰지 않는 눈치다. 나도 예외이지 않았다. 이제 와서 '책에 먼지와 세균이 많으니 소독하세요'라고 대대적으로 홍보하기도 망설여진다. 책을 읽는 기존의 독자마저 잃을까 우려되기 때문이다. 도서를 대출하는 사람의 수가 급감하는 현실을 모르지 않기에 도서관은 진퇴양난이다.

모처럼, 책을 한 권 들고 기계 앞에 선다. 소독실 문을 열고, 책을 넣은 후 문을 닫고, 시작 버튼을 누른다. 1분밖에 걸리지 않는다. 사용법은 전자레인지와 같다. 너무 간단하다. 책을 꺼내니 뽀송뽀송하다. 빨래한 옷을 만지는 느낌이다. 책을 빌릴 때는 나의 건강을 위해서 소독기를 사용하고, 책을 반납할 때는 다음 이용자를 위한 배려로 또다시 소독하면 어떨까. 도서관의 공사가 없었더라면 먼지와 벌레가 이용자들에게 끼치는 피해를 몰랐을 뻔한 일이다.

이따금 전시용 책 소독기 앞에서 이용자가 반납하는 책을 소독하는 '책 소독기 시연녀'가 된다. 도서관 이용자가 책 소독기와 친해지길 바란다. (미게재 원고)

———

폰트 사냥은
총 안 든 강도

법무법인의 통지를 받았
다. 저작물을 불법으로 사용했다는 게 이유였다. "저작자
소유의 프로그램을 허락 없이 사용한 행위는 저작권 침해
이며 민·형사상 조치를 하기 전에 자료의 사실관계를 확
인해 달라"라는 내용이 날아왔다. 당황스러웠다.

책이나 논문의 내용을 베껴 자신의 글인 양 발표해 표절
시비에 휩싸이는 말은 들어봤지만 내가 이런 일을 당할 줄
몰랐다. 컴퓨터에서 작성한 문서를 PDF 파일로 전환해 인
터넷에 올린 자료가 표절처럼, 저작권법 위반이라는 것이
었다.

도서관 홈페이지에 올린 '소식지'가 화근이었다. 저작권
자의 폰트(글자체)가 자료에서 발견된 것이다. 이용자들의
눈에 잘 띄도록 예쁜 폰트를 검색, 이용한 게 문제였다. 그
폰트는 다운로드를 받을 당시에 무료였고 담당자가 모르는
사이에 유료로 전환됐다.

도서관에서 만든 자료가 '글의 내용'이 아닌 '글자체'로 저작권 문제가 생길 줄 생각해 보지 않았다. 도서관뿐만 아니라 다른 부서에서도 같은 문제가 발생했다. 이런 일을 먼저 당한 타 대학의 지인은 자신이 힘들게 합의한 경험담을 들려주기도 했다. 저작권을 앞세워 '법무법인의 폰트 사냥'이 끊이질 않는다는 뉴스는 사실이었다.

저작권법 단속 단체나 개인이 대학에서 발행한 유인물을 중심으로 '폰트 사냥'을 즐기는 이유가 뭘까. 교내에서 생산하는 기록물이 많고, 저작권법에 대한 인식이 부족한 점을 노린 걸까. 홍보자료를 만드는 전담 직원이 있지만 각 부서의 안내물까지 지원할 여력이 없다는 내부 정보를 잘 알고 있는 탓일까. 사실 대학은 학생과 직원이 축제 포스터나 교육생 모집 리플릿 등을 만들어 인터넷에 올린다. 위법성을 고려한 자체 검열이나 단속은 하지 않는다. 이런 허점을 폰트 사냥꾼들이 노려 동일한 행각을 이어가고 있다고 본다.

법무법인으로부터 서류를 받으면 대처 방안이 쉽게 생각나질 않는다. 저작권자가 대리인을 내세워 재산을 보호하듯, 대학도 소명할 때 전문가의 도움이 필요하다. 합의 과정에서 한국저작권위원회가 상담을 지원하고 있다는 것을 알았더라면 대리인이 주장하는 폰트 프로그램을 사용한 '저작권 침해'인지, 아니면 폰트만 사용한 것인지를 판단하고 협상하는 데 도움이 됐을 것이다.

법무법인과의 합의 과정은 힘들었다. 대리인이 요구하는

대로 재산권 사용료이든, 패키지 구매이든 선택밖에 할 수 없었다. 대리인과 학교 관계자의 통화 등 힘겨운 해결 과정을 지켜본 직원은 문제가 된 소식지를 모두 삭제했다. 충격을 받은 모양이다. 업무 관리 소홀에 대한 책임이 있는 글쓴이 역시, 사건을 종료한 후에 삭제한 자료를 회복하라는 말을 못 하고 있다.

저작물은 저작권법에 따라 마땅히 보호돼야 한다. 반면, 무분별한 저작권 주장으로 무고한 피해자가 발생해서도 안 된다. 저작권 관련 교육 이외에 법률상담과 무료 폰트를 안내하는 '한국저작권위원회'를 활용해 보면 불이익을 최소한 방어할 수 있다. 내려받은 자료의 근거를 확보해 피해를 예방하는 방법도 있다.

무분별한 폰트 사냥은 총 안 든 강도나 진배없다. 조속한 근절이 필요하다. (한국대학신문 2020. 9. 1)

—

허술한 대학의 비교과 교육,
이대로 좋은가

정부 재정 지원사업은 대학의 비교과 교육 운영을 위한 마중물이 됐다. '학부 교육 선도대학 육성사업(이하 ACE 사업)'의 목적으로 독서토론, 독서클럽, 독서 멘토링, 독서캠프, 글쓰기 클리닉, 서평대회 같은 비교과 교육 운영 사례가 학회지나 세미나에 많이 발표되고 있기 때문이다. 이런 비교과 교육의 부상은 ACE 사업 중에 '교양기초교육 강화, 전공교육 내실화, 비교과 교육의 내실화'와 같은 추진사항이 기폭제가 된 것으로 볼 수 있다. 올해 이미 제출한 대학 기본역량진단 자체 보고서 내용 기술에도 학생들의 학습역량을 강화한 비교과 교육 운영 실적이 큰 몫을 차지했을 것으로 생각한다.

그렇다면 비교과 교육이란 무엇인가? 비교과 교육은 학점이 부여되지 않을 뿐만 아니라 정규 교과 교육보다 학습 활동이 자유롭다. 이것은 대학과 사회가 요구하는 다양한 스펙과 스토리를 만들기 위해 학생들에게 정규 교육과정이외에 비정규 교육과정을 만들어 정규교과목을 보완하거나 심화하도록 만든 것이다. 다시 말해 학생들의 학습역량을 강화하도록 만든 일종의 교육 보조 장치인 셈이다. 대학마다 학생 학습역량 영역은 다를 수 있지만 대체로 '검사, 상담, 진로 탐색, 학습, 취·창업, 외국어, 자격증, 동아리, 경연 대회, 캠프, 여행, 예방 교육, 글로벌, 정보 활용, 의사소통' 등으로 비교과 교육 영역이 광범위하다. 운영 부서는 학과, 행정부서, 도서관, 글쓰기센터, 교수학습지원센터, 비교과 교육센터에서 교육을 맡고 있다.

특히, 비교과 교육은 대학의 여러 부처(부속기관이 90% 시행)에서 사업 단위로 운영되기 때문에 어떤 과정이 운영됐으며 성과는 어떠했는지 관련 자료의 취합이 쉽지 않다. 또한, 정부 지원이든 교비 지원이든 학생들의 역량 강화를 위해 사업이 지속해서 지원돼야 함에도 일회성으로 종료되는 경우가 많다. 특히, 정부 재정 지원사업이 그렇다. 그리고 비교과 교육의 특성상 정규교육 시간과 별도로 운영되기 때문에 학생들이 참여할 수 있는 교육 일정이나 교육수요 조사 등이 꼭 필요하다. 하지만, 이런 과정이 생략되기도 하며, 학생들이 가장 싫어하는 '강의' 위주로 과정을 편성해 소중한 시간을 허비하는 등 성과에 의문을 제기하기도 했다. 이런 문제의 원류로 비교과 교육을 관리할 전담부서나 프로그램 운영을 위한 전문자격증 소지자가 배치되지 않았기 때문에 운영 부실로 이어진 것은 아닐는지.

대학에서 운영하는 비교과 교육은 이제 정규교과목과 대결하는 수준에 이르렀다. 우리 옛글에 유속불식 무익어기(有粟不食 無益於饑)가 있다. 속담에 비유하면, '구슬이 서 말이라도 꿰어야 보배'라는 뜻이다. 흩어져 관리되는 비교과 교육을 체계적으로 관리해 정규교과와 비교과 교육이 시너지 효과를 내도록 만들어야 한다. 이 시점에서 교육부와 대학 관계자는 비교과 교육의 운영 취지를 곱씹어보고, '운영 이대로 좋은지' 꼼꼼히 따져봐야 할 것이다. (한국대학신문 2018. 5. 9)

03

대학기숙사

—

기숙사 위드
코로나 맞이, 머뭇

위드 코로나(단계적 일상

회복)가 11월 1일부터 시작된다. 코로나 19 사태 이후 사

회적 거리 두기 단계에 맞춰 대면과 비대면 수업을 병행해

왔던 대학들은 위드 코로나 시대에 맞는 새로운 대면 수업

형태를 마련하느라 분주히 움직이고 있다. 대면 수업의 확

대는 학생들의 밀집이 불가피하기 때문이다.

무엇보다 18세 이상의 코로나 접종 완료율이 80%가 되

자 기본방역 수칙 준수에 대한 학생들의 인식이 느슨해진

것이 눈에 띄었다. 대학의 기숙사 식당에서 접종을 완료한

학생들이 밥을 함께 먹고 대화하는 시간도 길어졌다. 이런

상황에서 일상 회복이 시작되면 영국이나 싱가포르처럼 확

진자가 폭증할 수 있다. 중앙사고수습본부와 정부도 방역

수칙이 완화되면 필연적으로 확진자가 증가할 것으로 전망

하기 때문이다. 위드 코로나 이전의 안전장치나 관리체계

의 보완 없이 코로나 예방과 확진자 규모를 통제하는 것은

한계가 있어 보인다.

먼저 대학기숙사의 대부분은 코로나 19 예방을 위한 기본 안전장치가 발열체크 기계에 의존하고 있다. 학생들은 무증상이 많아 체온 체크만으로 확진자를 색출하기 어렵다. 사회적 거리 두기 기본방역 수칙에서 '기숙사 입소자가 외출하고 돌아오기 전 2일 이내에 검사한 PCR이나 신속항원 검사 결과를 제출하고 입소 후에도 1주간 예방관리 기간을 권고'하고 있으나 시행 대학은 많지 않다. 차라리 외출자뿐만 아니라 기숙사의 모든 학생이 매일 발열 체크를 하듯이, 확진자를 조기에 파악할 수 있는 신속하고 정확도가 높은 '코로나 19 자가검사 키트'를 정기적으로 활용하는 것이 효율적일 수 있다.

일례로 싱가포르국립대학은 등교하는 모든 구성원에게 정기적으로 신속항원검사(ART)를 의무적으로 실시하고 있다. 기숙사 생활자 중, 접종 완료자는 매주 일요일 1회, 미접종자는 수요일을 추가해 2회 검사해야 한다. 그 외의 대학 학생이나 교직원도 예방 접종자는 검사 당일 포함 연속 7일, 미접종자는 4일만 효력을 인정해 주고 있다. 검사한 결과는 사진에 찍어 대학 전용 앱에 올려 관리한다. 검사 소요시간은 15~20분 정도이고 검사의 신뢰도가 95% 정도로 알려져 있다. 검사 결과가 정상이면 안심 카드를 제공해 학내의 이동을 자유롭고 안전하게 할 수 있다.

서울대학은 신속 코로나 19 분자진단검사로 검체 체취부터 진단까지 현장에서 처리해 2시간 이내에 결과를 알 수 있다. 이러한 시스템도 코로나 19 환자 색출이나 전염 방지에 활용해볼 수 있다.

그리고 밀접 접촉자가 발생 시 기숙사에서 격리할 대상과 지원 범위가 불분명해 혼선을 빚고 있다. 확진자와 밀접 접촉한 학생은 보건소로부터 격리 여부를 통지받게 된다. 하지만, 보건소로부터 통지받은 밀접 접촉자와 함께 있었는데도 통지받지 못하거나 동일 동선 내에 있었음에도 보건소 통지가 누락되어 자가 격리를 강제할 수 없는 난처한 경우가 발생하기도 한다. 이에 일부 국가에서는 보건당국 의존에서 벗어나 대학이 격리 기준을 새롭게 구분해 방역 수칙을 엄격히 이행하게 함으로써 전염원을 적극적으로 차단하기도 한다.

또한, 보건소에서 통지받은 밀접 접촉자는 지자체에서 운영하는 시설이나 자가에서 격리한다. 하지만 원거리 학생이나 유학생, 집에 노약자나 입시생이 있으면 학부모나 격리대상자 그리고 보건소와의 합의로 대학기숙사에 잔류할 수 있다.

격리 장소를 기숙사로 선택한 학생에게 매일 지급하는 음식이나 의료 지원 물품이 지자체의 격리 시설에 지원하는 물품과 달라서는 안 된다. 그럼에도 불구하고 지자체의 생활치료센터에서 매일 삼시 세끼에 따른 다른 음식과 간식이 지원되고 있지만, 대학에 보내오는 지원 물품은 햇반이나 라면에 국한되고 조리하지 않고는 먹을 수도 없다. 기숙사의 개인 생활공간에 취사도구가 갖춰져 있지 않은 곳이 대부분이므로 지원 물품은 그림의 떡이다. 이것마저도 격리 당일 지급되는 것이 아니라 며칠 지나서 물품이 전달되곤 했다. 밀접 접촉자에 대한 지원은 시설이든 기숙사이든 자가든 같아야 한다고 생각한다.

마지막으로 확진자가 발생하고 이송까지의 시간을 단축해야 한다. 물론 병상 부족으로 대기시간이 발생한 것은 이해한다. 기숙사는 벌집처럼 좁은 공간에서 함께 생활하는 공간인 만큼 집단 감염 가능성이 매우 큰 점이 반영되어야 한다. 글쓴이가 소속된 기숙사에서 발생한 확진자는 매번 하루 내지 이틀 뒤에 이송이 이뤄졌다.

어느 날 심한 구토와 기침을 하는 확진자를 별도의 공간에 격리하지 못한 채 자기 방에서 하룻밤을 보낸 적이 있었다. 기숙사에서 확진자가 발생한 사실을 알고 있는 수백 명의 학생은 코로나 19 감염 공포로 잠을 설쳤다. 나도 화장실 배기구를 타고 공기가 순환하면서 바이러스를 전파한 서울 구로구 아파트의 집단 확진 사례가 생각나서 노심초사할 수밖에 없었다. 대학기숙사에서 발생한 확진자를 독립된 건물에 격리할 수 없다면 대상자를 기숙사에 오랜 시간 대기시키는 것은 위험한 일임이 틀림없다.

위드 코로나 시행을 앞두고 4차 유행 재확산은 불가피해 보인다. 이미 위드 코로나로 전환한 싱가포르 대학기숙사에서는 증가하고 있는 확진자를 관리하기 위해 하루에 2회 발열 체크를 시행해 오고 있다. 이에 더하여 백신 접종자든 미접종자든 정기적으로 주기를 단축해 가며 신속항원검사를 강화하고 있다. 대학 내의 '확진자 억제'를 도모하는 좋은 시책임이 틀림없다. 어쩌면 일상 회복으로의 방향과 반대로 움직이는 듯 보이는 이들의 사례를 우리나라 대학기숙사들이 간과해서는 안 된다. (한국대학신문 2021. 10. 27)

—

기숙사 통금을
지지하는 이유

경북의 한 대학기숙사 학
생이 통금시간이 지나 밖으로 나가지 못하자, 창문을 통해
나가려다 추락해 사망한 사고가 있었다. 매스컴은 기사의
제목으로 '통금시간 지나서 기숙사 탈출하다 추락'이나 '통
금시간 지나 나가려다…기숙사서 추락사'로 적어 통금이
사고를 부추긴 듯한 불편한 마음을 내비쳤다. 통금이 기숙
사의 학생을 '통제'하는 부정적인 측면을 부각하고, 학생의
'안전'을 위한 통금 본래의 취지가 제대로 알려지지 않아
걱정스럽다.

우리나라 대부분 대학기숙사가 통금을 실시하는 이유는
대학마다 크게 다르지 않다. 먼저 학생들의 안전을 위한
조치로 통금시간을 규정하고 있다. 대체로 자정부터 다음
날 5시까지 출입을 제한한다. 만약 학생이 기숙사에 들어
오지 못할 사정이 생기면 외출이나 외박을 신청하면 된다.
통금시간에 아프거나 긴급한 가정사가 생긴 때도 연락할

수 있다. 이런 절차를 따르지 않으면 벌점을 받는다. 기숙사에 거주하는 것이 의무가 아니므로 입사와 퇴사를 자유롭게 학생이 선택할 수 있다. 그리고 기숙사는 다수의 학생이 생활하는 공간이므로 쾌적한 환경 조성에 반하거나 모범 행동을 할 경우 벌점과 상점을 주어 질서유지와 생활 태도를 지도하고 있다.

이와 같은 기숙사의 통금 제도에 대해 상당수의 학생이 기숙사가 '안전'을 앞세워 자신들을 '통제와 강제'한다며 불편한 마음을 드러내고 있다. 성인에게 통금을 강요하는 것은 과도한 통제이며, 자신이 거주지의 출입 시간을 자율적으로 결정하는 것은 기본 권리라고 주장한다. 대부분 기숙사가 거주자의 의사를 무시한 채 규정을 일방적으로 정해 놓고 강제적으로 따르라고 하는 것은 '자유권 침해'라고 여세를 몰아가고 있다.

이런 학생의 진정서에 대해 인권위는 기숙사가 학생의 안전과 공동생활 공간의 쾌적한 생활환경을 조성하기 위해 규칙을 만들고 이를 준수하는 데 따른 제한은 학생의 행동 자유를 과도하게 제한한 것으로 보기 힘들다고 의결한 바 있다. 다시 말해 기숙사의 통금이 학생들의 인권 침해나 행동 자유권 침해 주장에 대해 기숙사 측에 힘을 실어준 것이다.

학생 사이에서도 통금 폐지에 대한 우려의 목소리가 높

다. 통금 지지자는 외부인 출입 방지나 늦은 시간 귀관(歸館)에 따른 소음을 염려했다. 먼저 외부인 출입 사고는 통금을 실시하지 않는 기숙사나 통금시간이 해제된 때에 주로 발생했다. 울산의 한 대학기숙사에 외부인 몇 명이 무단으로 침입하여 사생실 문을 두드려 학생들을 불안에 떨게 한 사고가 있었다. 통금이 실시되지 않는 대학이었고 한밤중에 일어났다. 부산의 한 대학기숙사에 외부인이 여사생실로 들어가 성폭행한 사건도 통금이 일시적으로 중단된 시기임을 주목할 필요가 있다.

그리고 늦은 시간, 기숙사에 들어온 학생의 이동 발소리, 문 여닫는 소리, 샤워기의 물소리는 공동생활자의 수면의 질을 떨어뜨리는 주범이다. 아파트에서의 소음으로 주민들이 불편함을 호소하는 것을 자주 보아왔다. 그들의 공간은 넓기라도 하지 않은가. 이에 반해 기숙사의 사생실은 벌집처럼 붙어 있어 소음에 상대적으로 취약하다.

학부모도 통금이 규칙적인 생활에 도움이 된다며 필요성을 언급했다. 글쓴이가 기숙사에 근무할 때 일이다. 자녀가 배정받은 기숙사에 통금이 없어, 새벽까지 귀관하지 않고 불규칙한 생활을 한다며 교내에 있는 다른 기숙사와 똑같이 통금을 실시해 줄 것을 학부모가 건의해 왔다. 당시에 통금이 있는 기숙사도 운영 중이었다. 학부모는 원룸처럼 출입 관리를 하지 않는다면 대학기숙사를 선택할 명분이 약하다고 말했다. 그들이 자녀를 대학기숙사에 보내는 것은 기숙사가 부모의 역할을 어느 정도 대신해 줄 거라는 믿음을 가지고 있는 듯했다.

이상에서 통금이 학생들의 안전과 공동생활 공간의 쾌적한 환경 조성을 위해 필요한 조치라는 것은 명확해졌다. 대학기숙사는 통금을 실시하되, 학생들이 불편함을 완화할 방안을 찾고 세부 지침을 마련해 융통성 있게 지원하는 노력이 필요하다. 가령 시험 기간이나 과제로 늦은 시간까지 공부해야 하는 특정 기간만이라도 통금시간을 융통성 있게 조절하거나, 한시적으로 통금을 중단하는 것도 대안이 될 수 있다. 단, 실행에 앞서 통금이 없는 시간대에 발생한 사고를 재현시키지 않기 위해 안전이나 보안 인력을 보강해야 한다. 이런 노력이 더해질 때, 통금은 학생들로부터 지지받는다고 생각한다. (한국대학신문 2022. 7. 13)

—

기숙사는
‘알 품은 새’ 같다

　　　　　　　　　　　　　'자식 둔 부모는 알 둔 새
같다'라는 속담이 있다. 부모가 늘 자식의 신변을 걱정함을 뜻
한다. 기숙사가 코로나 19로부터 사생들의 건강을 챙기는 형
국과 다르지 않다. 왜냐하면, 우리나라 오미크론 확진자 수가
세계 1위를 기록 중이고 전 세계 신규 확진자 4명 중 한 명이
한국에서 나오자 기숙사 확진자 수도 덩달아 많이 증가했기
때문이다. 부모 측과 기숙사 측의 걱정이 한마음이 됐다.

　만실이 된 기숙사도 걱정거리로 작용했다. 대면 수업이
확대되자 기숙사 신청자가 급증했고 게다가 3인 이상이 사
용하는 다인실을 1~2인실로 축소한 것이 영향을 미쳤다.
그나마 격리 동이나 소수의 격리실을 확보한 대학마저 증가
하는 확진자 수를 분리 수용하기에 역부족이었다. 기숙사에
입사한 학생이 원거리 거주자가 많아 더욱 안타까웠다.

　기숙사에서 발생한 확진자는 방역 지침상 별도 격리 공
간으로 즉시 분리해야 한다. 즉 자가나 지역생활치료센터

로 보내 7일간 격리하고 있다. 재택 치료를 원하는 사생은 부모가 먼 거리를 자동차로 달려와 자녀를 태워 갔다. 이 송을 위해 온 부모들은 한결같이 직장에 휴가를 내고 오거나 일을 마치고 늦은 시간에 기숙사를 찾았다. 대중교통을 자제하라고 하니 선택지가 거의 없었기 때문이다. 코로나 예방을 위한 행위이긴 하지만 개인적으로나 국가적으로 시간적, 경제적 손실이 큰 재택 치료 유형임이 틀림없다.

다른 유형은 확진자가 지역생활치료센터를 이용했다. 집 안의 구조상 세면대나 화장실이 동거인들과 분리할 수 없는 공간이거나 노약자가 있어 재택 치료를 할 수 없는 여건일 때였다. 기숙사 측은 격리 장소 협조를 위해 지역 보건소와 연결을 시도해 보았지만 대부분 불통으로 허탕을 쳤다. 그나마 확진된 학생과는 보건소와 연락이 닿았으므로 환자가 직접 사정을 읍소하고 지역생활치료센터로 가는 얄궂은 입장이 되기도 했다. 이런 경우를 두고 각자도생이란 말이 생겨난 것은 아닐는지.

한편 확진자와 같은 방을 쓴 동거인(룸메이트)은 기숙사에 머무르게 된다. 이들은 밀접 접촉자이다. 비록 음성이 나왔지만 7일간 수동 감시 대상이 된다. 3일 이내 PCR이나 7일 차에 신속항원검사를 받아야 한다. 그 과정에서 대학기숙사 밀접 접촉자들은 뒤이어 상당수 확진이 되곤 했다.

게다가 PCR 검사 없이 신속항원검사 결과에 따라 진단할 수 있게 방역체계도 바뀌었다. 신속항원검사가 PCR 검사보다 정확성이 더 떨어진다. 공동생활공간인 기숙사 곳곳에서 밀접 접촉자들과의 생활은 위험한 지뢰를 놓는 격이다. 게다가 기숙사가 공중 다중시설에서도 열외가 되어, 보건당국보다 대학의 자체 방역에 주로 의존할 수밖에 없는 기이한 상황에 부닥쳤다.

그나마 코로나 19의 위급성이 인정될 경우 '학교장 확인서'로 PCR 검사를 받을 수 있게 만든 지침은 다행스럽다. 하지만 현장에서 얼마만큼 실효성이 있을지 의문이다. 얼마 전 기숙사에서 글쓴이와 함께 생활한 부서 직원이 코로나에 확진된 적이 있었다.

이에 대학 '코로나 19 대응팀'은 기숙사 전체의 안전을 우려해 '학교장 확인서'를 발급하여 글쓴이를 보건소에서 우선 검사해 주라고 당부했다. 하지만 보건소 관계자는 누구나 위급하지 않은 사람이 없다면서 한마디로 거절했다. 다행히 확진으로 이어지지 않았지만, 당시를 회상하면 아찔하다.

대학이든 지역사회든 코로나 19 확진 소식은 일상이 돼버렸다. 최근 글쓴이는 가족 장례를 치렀는데 식후에 확진자가 발생한 소식을 접했고 회사 동료 직원으로부터 전염된 것을 파악했다. 이렇듯 기숙사에서 확진된 직원과 글쓴이가 밀접 접촉했듯이, 장례식장에서도 3일 동안 가족 확진자와 밀접 접촉을 했다. 그런데도 글쓴이와 가족, 조문객이 더 이상 감염되지 않은 것은 감염 예방 수칙을 지킨 탓이 아니었을까 반문해 본다.

길어지는 코로나 19 상황에서 어쩌면 무뎌진 수칙 준수 사항들, 매일 2회 이상 발열 체크, KF94 마스크 쓰기, 1m 이상 거리 두기, 수시로 손 씻기, 소독제 사용, 환기 등 아무리 강조해도 지나침이 없다.

새가 둥지에서 기본 체온으로 알을 골고루 돌려가며 건강한 생명을 탄생시키듯이, 코로나 19도 기본 수칙을 골고루 실천하다 보면, 마스크를 벗는 일상이 앞당겨질 수 있지 않을까. (한국대학신문 2022. 3. 23)

—

기숙사에서

울고 웃는 룸메이트

룸메이트를 바꿔 달라는 기숙사 학생들의 요구가 증가하고 있다. 같은 방을 배정받은 학생과 함께 살면서 생활방식이 맞지 않아서 발생한다. 입주 초기에 빈도가 높다. 룸메이트의 배정은 임의로 편성한다. 그렇다고 기준 없이 배정하는 것은 아니다. 대학은 학년이나 나이, 학과와 같은 기준을 적용하여 학생을 배정하기 때문이다.

기숙사의 룸메이트는 서로 다른 개성을 지닌 학생이 만나 배려하고 이해하며 생활하는 과정에서 인간관계를 배우는 대상이다. 하지만, 이들은 기숙사 입주 전에 자기 방을 가지고 혼자 생활했던 밀레니엄세대이다. 갑자기 바뀐 기숙사의 환경과 처음 만난 상대와의 공동생활이 부자연스러울 수 있다. 어쩌면 인간관계의 어려움과 생활의 불편한 마음을 호소하는 것이 당연할지도 모른다. 룸메이트 간에 일어나는 마찰이 자칫 대학 생활에 나쁜 영향을 미칠 수 있으므로 룸메이트 배정 방식의 보완이 필요하다.

기숙사에 입사한 지 한 달도 채 되지 않은 내 조카가 세 번이나 룸메이트가 바뀌는 혼란을 겪은 적이 있다. 조카의 말은 대략 이러하다. 첫 번째 룸메이트는 같은 신입생이었고, 자신과 반대의 내향적 성격인 의대생으로 사회학도와의 생활에 어려움은 없었다. 둘은 가족처럼 기숙사 식당에서 밥을 먹곤 했다. 그러던 어느 날 학교 밖에서 놀던 조카가 룸메이트와 식당에서 밥 먹기로 한 약속을 잊었다. 룸메이트가 기다리고 있다며 보낸 문자까지 보지 않아 그의 마음을 상하게 했다. 기숙사에 들어와 룸메이트에게 부주의했음을 사과했지만 받아주지 않았다. 심지어 말까지 하지 않자, 조카가 결별했다는 것이다.

새로 배정된 방의 룸메이트는 군에 갔다 온 형으로 음악을 전공하는 학생이었다. 나이 차이가 있어 조심스러웠지만, 자신의 활발한 성격이 룸메이트와 친해지는 데 도움이 되었다. 며칠 뒤, 아무 증상이 없었는데 기침하자 룸메이트가 민감하게 반응했다. 코로나 확진 소식을 들은 룸메이트는 코로나 지침을 소홀히 해서 걸렸다며 위로는커녕 나무라기까지 했다. 그렇지 않아도 수업 중에 다른 학생으로부터 전염된 것을 알고 억울해하던 터였다. 코로나 대유행기에 확진이 누구의 잘못으로 탓할 일이 아니잖은가. 죄인인 양 대하는 룸메이트에게 속상함을 토로했더니 사이가 벌어졌다. 그 이후 룸메이트는 코로나로 연주회를 망칠까 걱정된다며 퇴사하기에 이르렀다. 연이은 룸메이트와의 결별로 새로운 짝지와 관계 형성이 걱정되어 학업에 전념할 수 없었다. 다행스럽게 옛 친구가 '룸메이트 지정'을 하여 짝지가 되었고, 그 이후부터 룸메이트 스트레스에서 벗어날 수 있었다고 토로했다.

룸메이트 지정은 기숙사 측에서 임의로 배정하는 것과 달리, 학생이 직접 함께 생활하고자 하는 사람의 이름을 밝히면 먼저 배정받을 수 있다. 룸메이트와의 갈등 관계가 적고 만족도가 높은 방법이라 기숙사 측이 룸메이트 지정을 활성화하고 있다. 대개 친구 사이가 많다. 서로 개인의 성격과 생활양식을 미리 알고 선택하므로 룸메이트 간의 불협화음을 어느 정도 줄일 수 있다. 물론, 친한 친구와 룸메이트 지정 제도를 통해 짝지가 되더라도 서로의 불만 사항을 쉽게 이야기하기가 쉽지 않다. 하지만, 갈등이 깊어지거나 룸메이트 변경이라는 파국으로 치닫는 것을 막을 수 있다.

특히, 학생 스스로 선택한 룸메이트 지정자들은 임의 지정으로 만난 학생보다 공동생활에서 대체로 원만한 인간관계를 유지하고 있다. 친구의 여러 면을 잘 알고 선택했기 때문이다.

이와 같은 맥락에서 학생이 기숙사가 아닌 학교 밖 생활지에서 룸메이트 찾을 때 많은 정보를 서로 주고받은 뒤에 선택하듯이 대학기숙사에서도 배정의 판단 정보를 보다 확대한다면 서로가 바라는 룸메이트를 만날 확률을 높일 수 있지 않을까. 많은 대학기숙사가 선택하고 있는 룸메이트의 선별 항목인 학년, 나이, 학과 중심에서 학생의 중요한 생활 습관과 희망하는 룸메이트의 선호 사항을 추가해 보자. 가령, 룸메이트와 가장 빈번하게 발생하는 갈등 요인인 수면 시간, 소음 수준, 청결, 종교, 흡연, 코골이, 성격 정보를 반영한다면 원하는 룸메이트와 만날 수 있어 룸메이트의 불만으로 인한 교체 요구가 크게 줄어들 수 있다.

학생들이 기숙사에 신청할 때 작성한 '입사신청서'의 룸메이트 구인 정보는 여러 가지 부수적 효과까지 얻을 수 있다. 학생들이 밝힌 개인 성향과 원하는 룸메이트의 정보 제공은 학생 스스로 룸메이트 배정에 직접 및 간접적으로 참여한 셈이 된다. 주어진 규칙을 따르기보다 자기 주체성에 따른 의사결정을 중시하는 밀레니엄세대의 특성과도 부합된다. 학생들은 더욱 적합한 룸메이트를 찾기 위해 적극적으로 자신의 요구 사항을 밝힐 개연성마저 높아진다.

이런 조치는 기숙사의 룸메이트 배정에 대하여 학생들이 '기숙사가 마음대로 결정한다'라는 말을 더 이상 듣지 않을 수 있다. 만약, 학생들이 룸메이트 배정에 대한 문제나 교체를 제기하더라도 학생의 의사가 반영된 내용에 근거해

맞춘 최적의 룸메이트이므로 배정의 당위성을 입증하기도
쉽다. 룸메이트의 조건에 가장 부합하는 상대를 찾는 새로
운 프로그램을 만들어 활용한다면 입주 초기에 흔히 일어
나는 룸메이트의 교체 요구는 많이 감소할 수 있다. 대학
기숙사에서의 룸메이트와의 원만한 인간관계는 대학 생활
전반에 긍정적 에너지로 작용하게 된다. (한국대학신문
2022. 9. 28)

—

기숙사의 자유식이
학생건강을 위협하고 있다

수백 명이 공동 생활하는
기숙사에 식당이 없으면 어떤 일이 발생할까. 전국대학교생
활관리자협의회가 130개교를 대상으로 조사한 결과 2021년
1학기 기준 전국 대학기숙사에서 식당을 운영하지 않는 곳
이 44%나 됐다. 2년간 지속되고 있는 코로나 19 상황 속에
서 기숙사에서 생활하는 학생들이 감소한 것과 질병 확산의
우려로 식당을 운영 못 한 탓도 있다.

여기에 코로나 19 이전부터 기숙사 식당 운영에 따른 재
정이 악화하자 많은 대학은 직영보다는 외주업체에 위탁해
급식을 제공해 왔다. 전문성을 갖춘 외주업체마저 자유 혹
은 선택 급식(이하 자유식)으로 식수 인원이 많이 감소하
자 타산이 맞지 않는다며 식비를 올리거나 의무급식(이하
의무식)을 촉구했다.

코로나 19 사태에 가격 인상도 어렵고 교육부의 자유식
권고를 간과하기가 어렵다는 기숙사 측의 태도에 식당을

접는 업체가 속출했다. 이런 환경과 재정 여건이 맞물려 기숙사 학생들의 급식이 어려운 상황에 부딪혔다.

한 대학은 기숙사가 생긴 이후 외주업체가 식당을 운영해 왔다. 급식 방식은 의무식에서 자유식으로 변경했다. 입사생들에게 식권을 의무적으로 사도록 하는 관행이 거래강제행위라는 공정거래위원회(이하 공정위)의 시정 권고 때문이었다. 자유식이 시행되자 급식 신청자는 45%도 채 되지 않았다. 외주업체는 '한 끼에 낮은 급식 단가로 최소 2식을 제공하면 인건비와 재료비 충당이 어렵고 그 손실을 결식률이나 대학 내의 매점 수익으로 보존하고 있다고 말했다.

한편 기숙사 식당을 이용하지 않는 나머지 55%의 학생들은 식사를 어떻게 하고 있을까. 급식 이용자의 아침 결식률이 40%이니 급식 미신청자도 결식률만큼 굶는다고 볼 수 있다. 점심은 대학식당보다 배달 음식점을 선호했다. 저녁에도 패턴은 비슷했다. 먹고 싶은 음식을 골라 전화로 주문하고 기숙사 입구까지 배달한 따뜻한 음식을 즐겼다. 맛도 기숙사 식당보다 좋으니 의무식 선택에 반발할 수밖에 없다. 배달 음식비가 대학식당의 급식비보다 비싸더라도 식당까지 가는 시간 절약이나 좋은 맛에 비용을 감수했다. 공정위가 자유식 도입으로 학생들의 자율 선택권은 보장할지언정 생활비 부담을 완화한다는 취지와 부합되지 않았다. 이

렁듯 배달 음식이 일상화된 식문화의 배경에는 코로나 19 라는 환경적 요인도 크게 작용했다.

특히 기숙사에서 식사를 만드는 주방이 거의 없는 것도 큰 영향을 미쳤다. 기숙사에 마련된 소규모의 간이주방은 달걀 프라이나 라면을 끓이고 간편식 식품을 전자레인지에 데워 먹는 정도에 불과하기 때문이다. 그렇다 보니 자택에 거주하는 학생보다 가공식품 섭취율이 높고 자신이 좋아하는 음식 위주로 편식할 가능성도 크다. 기숙사 식당에서 영양사가 만든 식단을 이용하지 않고 한 학기 동안 간편식 위주로 형성된 식습관은 학생들의 건강을 위협하기에 충분하다.

간편식에 익숙해진 입사생들의 건강에 대한 우려나 기숙사 취식의 중요성을 인지하고 자유식에서 의무식으로 되돌린 대학도 있었다. 식당을 대학이 직영하던 기숙사는 급식자가 40% 이하로 급감하자 인건비를 충당할 수 없는 경영난에 처했다. 고육지책으로 식당 운영을 폐쇄하는 대신 의무식을 선택했다. 또한, 식당을 외주업체에 위탁하여 자유식으로 운영해 오던 대학도 취식자 수가 적정선에 미달하자 식당을 맡을 업체가 없어 의무식으로 변경했다. 식당의 급식 방식이 자유식에서 의무식으로 바뀌자 학생들은 의무식의 부당함을 공정위에 신고했다.

신고된 기숙사는 공정위가 요청한 사생회, 기숙사운영위

원회, 기숙사의 의무식을 명기한 안내자료, 기숙사 식당의 수지 현황과 같은 소명자료를 제출해야만 했다. 이런 조사에도 불구하고 지금까지 대학기숙사에 공정위가 시정조치를 내리지 않은 이유는 이렇다. 학생 대상의 설문조사나 입사생 협의체를 통해 의무식을 선택한 경우에는 강제 행위가 아니라고 판단한 것과 의무식을 없앨 시 식당이 폐쇄될 우려가 있거나 식대의 상승으로 학생에게 불편이 커질 수 있다고 판단했기 때문이다. 공정위는 의무식이 무조건 법에 저촉되기보다는 대학기숙사의 여건과 학생들의 복지를 고려하여 예외 지침을 적용했다.

공정위에 자료를 제출했던 대학기숙사의 식당들은 의무식으로 변경한 이후 식당의 음식 품질과 메뉴의 다양성을 개선하여 안정적인 급식을 학생들에게 제공하고 있다고 한다.

사실 급식의 품질이 일정 수준 이상 되려면 최소한 의무식 유지가 필요하다는 기숙사 관리자들의 이야기에 귀를 기울일 필요가 있다. 전국에 있는 대학기숙사의 규모나 시설 그리고 재정 여건이 다른데 천편일률적으로 급식 선택을 자유식으로 강제하면, 대학기숙사 식당의 폐점은 증가할 것이다. 이로 인한 피해는 고스란히 기숙사 생활자의 몫이 된다. 대학기숙사의 식당 밥맛은 배달 음식보다 달고 짠맛이 떨어지더라도 매일 엄마가 챙기는 집밥은 돼야 학생들의 건강을 담보할 수 있다. (한국대학신문 2021. 12. 1)

—

대학 취준생
'찔끔 지원'으로 되겠나

졸업을 앞둔 시기는 취업 대목이다. 취업 시장이 활기를 띠어야 하지만 코로나 19의 영향으로 회사의 신규 채용 인원이 감소해 취업준비생의 취업 경쟁은 더욱 치열해졌다. 고등교육 졸업자 취업통계를 보면 2021년 65.1%로 전년 67.1% 대비 2.0% 하락했고 2020년은 67.1%로 전년 67.7% 대비 0.6%로 매년 지속해서 감소했으므로 취준생의 취업 경쟁 체감도가 높은 것은 당연하다.

'취업준비생이 역대 최대'라는 뉴스를 접한 어느 날, 학생 3명이 기숙사를 찾아왔다. 이들은 학과가 있는 캠퍼스의 신축 기숙사로 이동했었다. 그러나 그곳에 방과 후 학습공간이 부족해 구관으로 되돌아오고 싶다는 것이었다. 1년 동안 취업 준비에 전념하고 싶어서 통학하는 데 소요되는 2시간을 감수할 정도로 절실하다고 말했다. 마침 빈방이 있어서 학생들의 부탁을 받아들였다. 짐이 많아 학교

트럭으로 이사 편의도 제공했다.

1년의 세월이 지난 지금 취직한 소식을 부모 다음 전할 정도로 가까워졌다. 3명 중 1명이 먼저 학과의 우수 성적 추천자로 단번에 합격했다. 나머지 두 명은 서류 심사나 면접에서 몇 차례 실패했지만, 우여곡절 끝에 모두 취업했다. 그 과정에서 1차 서류전형에서의 자기소개서 작성과 2차 면담에서의 피드백 그리고 면담 시 입을 복장에 대한 비용과 같은 사교육비 부담이 심각함을 알았다.

먼저 입사지원서 작성과 면접에 드는 사교육비가 수십만 원에서 수백만 원에 이르기까지 지출되고 있었다. 기업 공채 공고가 나면 취준생들은 1차 시험에 통과하기 위해 자소서 쓰기에 많은 공을 들였다. 작성한 자소서는 취준생을 위해 마련된 대학일자리센터에서 피드백을 받을 수 있었다. 하지만, 특정 기간에 많은 접수자가 몰려 1주에 신청할 수 있는 횟수를 제한하는 등 적시에 원하는 피드백을 받을 수 없게 되자 고육지책으로 과외를 선택한 탓도 있었다.

취업을 원하는 회사이거나 재지원 회사인 경우에 사교육비의 지출은 상대적으로 높았다. 면접 코칭도 대학의 지원부서에서 피드백을 받을 수 있지만 자소서 피드백처럼 이용 제한을 받기는 매한가지였다. 면접은 곧 취업으로 이어질 확률이 높으므로 전문가의 코칭을 받아 다른 지원자와 차별화를 시도하는 경향이 뚜렷했다. 코칭비가 천정부지로 뛰어도 투자로 여겼기 때문에 고액의 사교육비를 지출하는 폐단이 생겼다.

다행히 올해부터 취준생들이 사교육비에 의존하지 않고 실제 취업과 직무 중심 역량을 준비할 수 있도록 청년고용촉진특별위원회가 취업-코칭 솔루션 사업을 발표했다. 전문가로부터 취업 준비 방향 설계나 모의 면접에 대한 개인별 컨설팅을 제공하므로 잘 활용한다면 사교육비 부담을 완화할 것으로 기대한다.

대학 내에서는 취업 성수기인 특정 기간에 자소서나 면담 신청자의 이용 시간을 연장하거나 상담자 수 확대 방안도 함께 모색되어야 한다. 정부 기관과 대학이 연계해 지원한다면 상생 효과로 인해 취준생의 사교육비 부담은 크게 줄일 수 있다.

그리고 취준생이 면접 때 입는 복장비 지출도 무시할 수 없었다. 취준생의 의상은 대부분 검은색 정장에 흰 셔츠를 입었고 검은색 구두를 신는 등 표준화되고 획일적이었다. 차이가 있다면 부모의 재력에 따라 학부모가 맞춰준 고급 복장을 갖추고 그렇지 못한 학생은 대체로 복장을 유료로 대여해 착용했다. 면접 횟수가 증가할수록 대여 비용도 부담이 될 수밖에 없었다.

이에 지자체에서는 면접에 필요한 △정장 재킷 △바지 △셔츠 △넥타이 △벨트 △구두까지 무료로 대여해 취업

준비에 따른 경비를 경감시키는 노력을 하고 있다. 신체 크기에 따라 수선과 지원 회사별 패션 코디까지 서비스 받을 수 있으니 일거양득이다. 그러나 면접 정장 무료 대여 서비스는 지자체의 재량에 따라 운영되는 사업인 만큼 운영하는 곳도 있고 그렇지 않은 지역도 많다. 운영하더라도 적은 예산 때문에 지원 횟수가 짧거나 대여 대상자 수를 제한하여 찔끔 지원하고 생색만 내는 곳도 있다. 특히 지자체 구민을 대상으로 운영하므로 미운영 주소지 취준생은 상대적 박탈감을 느끼게 했다.

게다가 좋은 취지의 면접 정장 무료 대여 서비스가 널리 홍보되지 않아 아는 사람만 이용해 실효성이 낮다는 지적도 있었다. 그렇다면 지자체와 대학이 연계해 취업 성수기 기간만이라도 대학 내에서 많은 취준생이 면접 정장 무료 대여 서비스를 함께 받게 하는 것도 고려해볼 만하다. 학생들은 대체로 학교 내에서 지원책을 주로 찾고 있으므로 효용성 측면에서 이용 가치가 분명히 높다. 경제활동에 진입하려는 취준생에게 지자체든, 대학이든 취업 지원사업을 앞세워 찔끔 지원으로 생색내기를 해서는 곤란하다. (한국대학신문 2022. 1. 19)

—

대학생들이
아픈데 어쩌나

국민 정신건강 실태조사에서 코로나 19로 인한 우울 평균 점수가 코로나 19 이전에 비해 2배 이상 증가한 것으로 나타났다. 우울 점수가 가장 높았던 조사대상자는 20대 청년층이었다. 한국대학교육협의회가 대학생의 심리 정서를 조사했더니 코로나 19로 수일간 우울함을 경험한 학생이 33.2%였고, 생활에 불편함을 경험한 학생이 41.4%, 극단적 선택을 고려한 학생이 20.2%였다. 대학생들의 마음 건강은 위기 수준인데도 아픈 학생을 선별해낼 가이드라인이 없는 상태였다.

그나마 마음이 아파서 스스로 상담센터를 찾는 학생들은 고마운 고객이었다. 코로나 19 이전에 비해 상담자 수가 증가한 소식은 고무적이었다. 학생들의 상담 대기시간이 많이 늘어났고, 상담사도 심리검사며 프로그램을 지원하느라 업무가 증가했다. 일부 대학에서 한시적이나마 기간제 인력을 충원해 지원함으로써 상담실을 찾는 신청자의 대기

시간을 줄여 주었고, 결과가 정상범위인지를 신속히 알려 주어 생활에 활력을 되찾는 데 긍정적으로 작용하고 있었다.

하지만 상담을 신청하지 않은 학생 중에서 아픈 학생을 선별할 기준이 막연했다. 물론, 독일고등교육학술연구센터 (2021)가 대학생의 스트레스 고위험군으로 밝힌 장애인이나 코로나 19 감염 위험군 그리고 자녀를 둔 학생을 먼저 선발하여 지원할 수 있다. 그렇지만 이들 숫자는 상담실을 스스로 찾는 학생 수만큼이나 전체 재학생 수에 비하면 소수에 불과하다. 가능한 한 모든 대학생을 대상으로 잠재된 질환자를 선별하는 것이 가장 바람직한데 여건이 좋지 않다.

가령, 정신 상담을 위한 전수조사는 여러 가지 측면에서 부정적 상황과 맞부딪힌다. 일반적으로 상담을 정신적 영역으로 생각하는 경향이 있다. 학생들이 심리조사를 꺼리거나 민감하게 반응한다. 게다가 정신적 병증은 간단한 진단과 처치로 단기에 회복되는 것과는 달리 회복 시간이 길고, 성과도 더디게 나타나므로 동참보다는 회피해 버린다. 학생상담센터에서 잠재 고객 확보가 어려운 이유다.

그래서 상담실을 찾아오는 학생이나 신입생 그리고 희망 학과 중심의 지원에 그치고 있다. 비록 코로나로 인해 상담자가 증가한 것은 분명하지만 총재학생 수 대비로 볼 때 지원 비율은 매우 낮다. 2년여 동안 코로나로 마음의 상처를 입은 학생들을 빠짐없이 선별하기 위해서는 학생상담센터의 상담 지원만으로는 무리이다.

대학 내에서 학생의 고충을 지원하는 상담업무는 학생상담센터에서만 하는 것은 아니다. 수백 명 이상이 공동 생활하는 기숙사의 고유 업무에도 상담 기능이 포함되어 있다. 얼마 전, 중국의 모든 대학기숙사가 심리상담실을 설치하고 심리상담 업무를 의무화했다는 기사를 접했다. 코로나라는 특수상황을 맞아 기존의 상담업무를 확대하고 강화한 사례다.

이렇듯 업무기능이 유사한 부서가 동시에 업무를 지원하거나 협업하면 심리검사를 통한 위험군의 선별이 폭넓고, 효율적 지원도 가능해진다. 그래서 기숙사에 근무하는 글쓴이는 학생상담센터에 사생들의 정신건강과 관련한 심리검사를 요청했다.

기숙사는 학생들에게 상담지를 배부해 채점하고, 학생상담부서는 그 결과지를 토대로 경증과 중증도에 따른 상담과 프로그램을 지원하기로 했다. 상담의 지원 범위는 심리검사와 함께 일상생활에서 정신을 건강하게 성장시키는 프로그램까지 포함했다.

그러나 많은 학생을 대상으로 위험군을 선별하는 일은 예산이 뒷받침되지 않으면 좋은 성과를 내는 데 제약이 있었다. 상담자가 학생을 상담하기 위한 심리 검사지로 유료용을 사용하는 것이 한 사례였다. 저작권이 없는 무료 간이 검사지는 누구나 손쉽게 구해 스스로 검사하고 채점 결과에 따라 자신의 아픈 정도를 바로 알 수 있는 장점이 있었다. 반면, 검사 항목이 적고 상세하지 않아 검사 신뢰도가 떨어질 수밖에 없었다. 상담자들이 유료 검사지를 선호하는 이유였다. 유료 검사지는 예산과 직결되므로 전수조사를 막는 또 다른 하나의 장애 요인이 되고 있었다.

그렇다면, 역설적으로 무료 심리 검사지를 애벌 조사로 활용해 보는 것은 어떨까. 코로나로 인해 심화한 우울, 불안, 스트레스, 자살의 전조 증상은 다양한 유형의 심리검사지 척도로 찾아낼 수 있다. 가령, 자가 척도(PHQ-9)나 자살 생각 척도(SBQ-R)를 통해 일차적으로 학생들의 심리검사를 한 후, 채점 결과가 정상범위 내이면 결과를 대상자에게 알려줌으로써 더 이상의 불필요한 걱정을 불식시킬수 있다. 이 범주에 속한 학생들은 유료 심리 검사지를 굳이 활용할 필요는 없다. 다만, 검사 결과 척도 점수가 정상범위를 넘는 학생은 이차적으로 유료 검사지로 유도하여 재차 검사하고 그 채점도 높으면, 심리유형에 맞춰 상담과 체험 지원을 이어가면 된다. 특히 상담자의 상담 지원 범위를 넘어서는 고위험군은 관계기관의 의료진과 연계시켜 보다 전문적인 의료지원을 할 수 있으므로 상담의 질을 높일 수 있다.

대학의 어느 부서든지 학생들이 학업, 정서, 대인관계에서 겪는 어려움을 집중적으로 지원해 교육 회복을 앞당겨야 한다. 많은 대학생이 아픈데 누구든 수수방관만 해서는 곤란하다. (한국대학신문 2022. 5. 10)

—

생활 쓰레기
분리배출

까악 까악, 기숙사 한편에
위치한 쓰레기 분리용 마대 포대 위에 까마귀 여러 마리가
앉아 있다. 몸통이 크고 날개는 윤이 흐른다. 휘이휘이 소
리를 질러 보지만 새들은 달아나기는커녕 먹이를 뒤지느라
바쁘다. 쓰레기통에서 음식물을 물어 올린 후에야 그들은
날아갔다.

이것을 보니, 며칠 전 쓰레기 청소업체 소장이 분리배출
을 잘할 수 있도록 방송해 달라는 부탁을 깜빡한 것이 생
각났다. 나는 대학교 기숙사 사무실에서 근무하고 있다. 까
마귀 고기를 먹지도 않았는데, 기억력을 탓하며 사무실로
돌아와 방송을 시작했다.

"요즈음 까마귀가 1층에 쓰레기 집하장을 집처럼 드나듭
니다. 살이 통통하게 쪘어요. 왜 그럴까요? 기숙사 학생들
이 버린 음식물을 많이 먹었기 때문입니다. 철새는 농촌의
밭이나 마을 부근에서 곡식 낟알이나 곤충을 먹고 살아야

하는데, 먹이 활동지가 이곳이 되면 안 됩니다. 먹다 남은 음식 찌꺼기는 초록색 음식물 통에 넣고, 음식을 담았던 용기는 깨끗이 분리하고 오염된 것을 씻은 후에 지정 마대 포대에 분리 배출해야 재활용할 수 있습니다. 음식물이 남은 용기를 그대로 배출하면 까마귀가 기숙사 쓰레기장을 그들의 식당으로 알고 계속 찾아옵니다. 그들이 먹이 활동을 기숙사가 아닌 자연에서 할 수 있도록 여러분이 도와주세요."

안내방송을 내보낸 지 며칠이 지났다. 나이가 지긋한 노인이 사무실에 찾아왔다. "먹고 버린 배달 음식과 용기가 분리되지 않은 채 재활용품에 투척 되고 있습니다. 이들을 일일이 분리하여 배출하자니 두벌일입니다. 쓰레기 분리배출을 수칙에 따라 하지 않으면 수거 업체가 가져가지도 않습니다. 여러 번 곤욕을 치렀습니다."

아마도 며칠 전 소장이 쓰레기 분리배출을 잘해 달라고 기숙사 측에 요청했지만, 효과가 없자 노인이 직접 사무실을 찾아온 듯했다.

"학생들이 까마귀 고기를 먹었나 봐요. '분리배출'에 관한 안내방송을 한 지 얼마 지나지도 않았는데 그새 잊어버렸나 봅니다."

미안한 마음에 그의 눈치를 살피며 개선이 될 때까지 지도하겠다고 말하자 두어 번 당부하고는 등을 돌렸다. 기숙사는 한 건물에 500여 명의 대학생이 살고 있다. 생활 쓰레기가 1달에 1톤, 즉 대형 마대 포대 12개 분량이 나온다. 아파트에서 배출하는 생활 쓰레기양과 다를 바 없다. 코로나19로 배달 음식이 급증했고, 잔반 분리배출을 제대로 하지 않아 까마귀들이 먹이 활동지로 찾아오고, 쓰레기 처리업무를 맡은 사람들이 힘들어하는 것을 미처 깨닫지 못했다.

먹고 남은 음식물은 음식 수거통에 넣고, 음식물이 밴 용기는 씻어 재활용이 가능한 마대 포대에 배출하되, 음식물이 스며든 용기는 일반쓰레기통에 넣는 것이 마땅하다. 하지만 이것을 지키는 학생은 많지 않았다. 페트병 속의 가라앉은 잔여물을 깨끗이 비우기는커녕 씻지도 않은 채 마대 포대에 던진다. 상표를 제거한 알몸의 투명한 페트병은 찾기 어렵다. 페트병의 속살을 가린 비닐 위에 새겨진 '환경을 생각한 포장, 분리하기 쉬운 라벨'이라는 문구가 있는지조차 모르는 경우가 태반일 것이다. 페트병의 뚜껑이 소량일 경우 일반 쓰레기로 취급된다는 것을 모르는 사람도 많다. 플라스틱병을 눌러 부피를 줄여 배출하는 학생 또한, 얼마나 있겠는가.

환경부가 쓰레기 종량제 봉투 속을 뒤져 보니 70%가 재활용품으로 분리 배출할 수 있는 자원이었다고 한다. 기숙사에서 나가는 쓰레기의 70%가 재활용되지 않고 소각장이나 매립장으로 보내진다고 생각하니 아찔하다.

소장과 노인이 왔다 간 지 다시 몇 주가 흘렀다. 쓰레기 집하장에 늘 와 있던 까마귀의 무리가 보이질 않았다. 까마귀들은 먹이가 없어지면 다른 활동지를 찾아 떠나게 된다. 기숙사에서 생활하는 학생들이 분리배출을 잘한 결과일 것이다.

까마귀는 흉조라고 말하는 이도 있지만, 앞일을 예언하거나 해야 할 바를 인도하는 길조로 여기는 사람도 있다. 까마귀가 잠시 기숙사의 쓰레기집하장에 머물렀던 것은 분명 후자의 메시지가 담겨 있었으리라 생각해 본다. (울산 남구 문화 2021. 12)

—

질병,
알리는 것이 좋다

혼절한 학생이 있다는 전화를 받았다. 두 명의 직원에 의해 몸을 겨우 가누고 나타난 학생을 보는 순간, 나의 한 손엔 자동차 키가 다른 한 손은 학생을 부축하고 있었다. 학생생활관에서 생활하는 학생이 복통을 호소하거나 외상으로 인하여 병원에 학생을 데려간 적은 있었지만, 이렇게 심한 경우는 처음이었다.

"말할 수 있니?" 답이 없었다. 어디가 아프냐고 묻자, 말 대신 머리를 감쌌다. 겨우 내뱉은 말은 "구역질이~~~." "오늘 발열 체크한 적 있니?" 긴 머리가 얼굴을 가려 입을 움직이는 것을 볼 수 없었다. 다행히 출입구에 설치되어 있던 열 화상기가 우리가 나갈 때 '정상'이라는 소리를 울렸다. 그 소리가 그렇게 반가울 수가 없었다. 왜냐하면, 코로나 증상을 의심하기도 했기 때문이었다.

안도의 한숨을 내쉰 것은 함께 부축하고 있는 다른 직원도 마찬가지였다. 숨죽이고 있던 여직원이 "112로 전화할

까요? 아님, 가까운 병원으로 갈까요?"라고 물었다. "5분 이내에 도착할 수 있는 병원이 있으니 그곳에 갑시다." 사실, 112를 부른다고 해도 그들이 오고 가는 시간을 계산한다면 내가 직접 병원에 데리고 가는 것이 좋을 듯했다. 운전 도중에 몇 차례 몸의 상태를 물었으나 학생은 뒷좌석에 웅크리고 누운 채 한마디의 말도 하지 않았다.

도착한 병원 대기실은 환자들로 가득 차 있었다. 축 늘어져서 들어오는 학생을 보고 놀란 노인들이 일어서며 환자를 눕히라고 손짓했다. 고맙다는 묵례를 하고, 접수하려니 진료받기까지 1시간이나 기다려야 할 판이었다. 나는 큰 소리로 "어르신, 정말 죄송합니다. 학생이 보시다시피 몸을 가누지 못합니다. 괜찮으시다면 양보를 좀 해주시기 바랍니다." 잠시의 망설임도 없이 노인들은 "암만 그렇게 해요"라고 말하는 이가 있는가 하면 손짓으로 접수창구로 가라고 하는 사람도 있었다. 이 모습을 보고 있던 간호사들도 흔쾌히 의사 진료를 먼저 보도록 배려해 주었다.

학생은 의사 앞에 구부정하게 앉았다. 넘어질세라 한순간도 눈을 뗄 수가 없었다. 청진기로 위 쪽을 촉진하면서 학생의 표정까지 읽던 의사가 "신경 쓸 일이 많았나 보네." 책상 위에 놓인 위(胃) 모형을 이리저리 가리키며 "위가 뻣뻣해져 있어 아픈 거야. 이따금 이런 현상이 있었지?"라고 묻는다.

바로 그때, 잊었던 것이 생각난 듯, 동행했던 여직원이 의사에게 약봉지를 건넸다. 학생이 손에 쥐고 있다가 떨어뜨린 것을 주운 것이라고 말했다. 의사가 봉지 속에 든 알약 몇 개를 보더니, "전부터 먹어 왔지?"라며 조심스럽게 물었다. 그제야 학생의 무거운 입이 열렸다. '공황장애와 우울증 그리고 간질 증세가 있다'라고 나직이 말했다.

　아뿔싸, 남에게 자신의 질병을 알리고 싶지 않았나 보다. 보통 환자들은 왜 왔느냐고 물으면 미주알고주알 이야기를 쏟아내었지만, 학생은 정반대였다. 질병에 관한 정보를 전혀 주지 않았다. 자기가 먹던 약이 탄로 난 뒤에야 앓고 있던 병명을 말했다. 의사가 아닌 사람에게 자기의 병증을 알리는 데 큰 용기가 필요했던 것 같았다.

　영양 주사를 맞는 사이 학생은 깊은 잠에 빠져들었다. 부모에게 전화했다. 환자의 어머니는 병원으로 출발하기 전에 전화를 건넸을 때나 병원 진료를 마치고 회복 중이라는 말을 전할 때도 감정의 기복이 없었다. 학생의 어머니는 직장 때문에 병원에 갈 수 없어 죄송하다며 송금처를 알려주라는 말을 했다. 자녀의 상태에 관해 묻지도 않았다.

　학생이 이따금 이런 증상으로 병원을 찾는 것으로 생각되었다. 학생과 마찬가지로 부모도 자식의 병명을 알고 있으면서 우리에게 말하지 않았다. 나 역시, 학생의 질병을 묻지 않았다. 이미 의사로부터 환자의 상태가 어떤지를 알고 있었기 때문에. 사실, 약봉지가 아니었다면 아무것도 모르고 위염약 처방과 영양주사만 맞히고 왔을 뻔한 일이다.

약봉지에 적힌 두 달 전의 날짜는 많은 것을 묵시적으로 알려주고 있었다. 학생이 자신이 앓고 있는 질병 정보를 처음 출발할 때 우리에게 이야기했더라면, 학부모도 병원 간다고 전화했을 때 말했더라면 나와 동료 직원의 마음고생은 덜했을 것이다. 의사의 진단이 쉬웠을 수도 있다. 학생이 앓고 있는 질병은 약물치료를 통해 증상을 약화하거나 제거하는 약을 상복하고 있었기 때문이었다.

영양주사를 맞고 스스로 일어서는 학생을 보는 순간, 부모나 학생에게 가졌던 서운함은 눈 녹듯 사라졌다. 두 시간 전만 해도 혼자의 힘으로 가누지 못했던 몸이 벌떡 일어났다. 그제야 학생의 얼굴에 화기가 돌았다. 혹여, 자신이 숨기고 싶은 것이 드러나 불편하게 생각할 줄 알았는데 별로 신경을 쓰는 것 같지 않아 다행이었다.

학생과 함께 돌아오는 차 안에서 오늘과 같이 아프면 사무실로 전화할 것을 당부했다. "학생생활관에서 생활하는 학생들은 모두 우리 가족이란다. 가장 가까운 거리에 있는 식구 맞지?" 처음 학생과 만났을 때의 긴장과 서먹한 감정과 달리 서로가 편해졌다. 바로 그때 드르륵드르륵 문자 오는 소리가 들린다. 학생의 어머니였다. "선생님 병원비 송금했습니다. 바쁘신 와중에도 도와주셔서 진심으로 감사

드립니다"라는 문자였다. 나는 간단히 답했다. "관생(館生)
은 우리 가족입니다."

이런 일이 있고 난 뒤 학생생활관의 다른 아픈 학생들도
챙기는 계기가 되었다. (미게재 원고)

—

대학기숙사 층간 소음,
서로 배려하는 마음이 중요

층간 소음은 아파트에서만 일어나는 일이 아니다. 학생들이 대학기숙사에서 생활하면서 내는 소음도 있다. 아파트 관리사무소에서 층간 소음으로 고통받는 입주민을 위한 안내방송이 끊이질 않듯이 이곳도 마찬가지다. 늦은 시간에 들리는 다양한 소음으로 잠을 설치거나 시험을 망치는 피해자가 속출하고 있다. 피해자가 직접 가해자를 만나 불편을 호소하는 과정에서 서로 얼굴을 붉히는 일이 매년 반복되고 있다. 소음 문제해결에 기숙사 측의 더욱 적극적인 개입이 필요하다고 생각한다.

전국 대학생들의 의사소통의 장인 에브리타임이나 대학 기숙사의 홈페이지 게시 글을 보면 소음은 기숙사 안과 밖을 가리지 않고 일어난다. 기숙사 건물 바깥에서 발생하는 것은 음식을 배달하는 오토바이 소리, 주변 농구장에서 공을 바닥에 내리치는 소리, 흡연 구역에서의 잡담들이다. 이들 소음은 기숙사 측이 순찰을 통해 지도하거나 출입을 통제함으로써 어느 정도 차단할 수 있다.

하지만 기숙사 안에서 일어나는 소음은 해결이 쉽지 않다. 소음의 종류도 광범위하다. 위층의 발소리, 쾅쾅 문 여닫는 소리, 잡담, 긴 전화, 노래나 음악 소리, 컴퓨터 키보드 소리, 볼펜 소리, 사각사각 필기 소리, 벽 치기 등이다. 이들 소음의 근원이 어디인지조차 찾기가 어려울 때가 많다. 관리자가 민원이 들어온 소음의 진원지를 찾아 조사하는 과정에서 지정한 방이 아닌 다른 방에서 발생한 경우가 있기 때문이다. 또한, 시간이 지나면 소음의 흔적이 소멸하는 특성이 있다. 소음 당시에 증거를 확보해 놓지 않으면 기숙사 측의 민원 처리가 더디거나 어려워진다. 소음 발원지를 찾더라도 제공자는 자신이 낸 소리가 남에게 피해를 준 정도인지 몰랐다는 반응을 보이기 일쑤다.

사실 나도 그런 경험이 있다. 늦은 밤에 귀가할 때의 일이었다. 주택가의 사방은 조용했고, 구둣발 소리만 딱딱딱, 되돌아올 뿐이었다. 그 소리에 익숙한 어머니는 딸인 줄 알고 달려 나와 문을 열어주곤 하셨다. 어머니에게 딸의 구둣발 소리는 안도감을 주었고, 나로선 그냥 남보다 조금 센 발 디딤이었을 뿐이었다. 세월이 흐른 지금, 아파트에서 생활하고 있는데 여전히 발 디딤이 센 나에게 '아래층에서 올라올까 걱정된다'라며 사뿐히 걸으라는 말을 가족들에게서 듣고 있다.

사람의 주관적 요인에 따라 소음을 인식하는 성향이 다르다. 가해자의 경우 나처럼 고의성이 없는 경우가 많다. 그래서 소음이나 소란이 경미할 경우 주의를 주는 선에서 마무리하는 것이 일반적이다. 물론, 소음이 크면 기숙사는 생활 수칙에 따라 2점이나 3점 정도 벌점이 부과된다. 하지만 소음 벌점은 퇴사에 해당하는 벌점인 15점에 비해 매우 약하다. 벌점 받는 것을 무서워하는 학생은 거의 없다. 소음을 야기한 학생에게 주의 주거나 약한 벌점을 준 것이 소음원을 차단하는 데 도움 되기보다 오히려 장애가 되는 상황이다.

　심지어 지속해서 소음에 노출된 피해자는 정신적 피해로 이어지기도 한다. 위층에서 들려오는 킹콩같이 쿵쾅거리는 발자국이나 딱딱거리는 볼펜 소리가 귀에 와 박힐 때다. 잠을 자려고 해도 귓전을 두드리는 소리 때문에 잠을 자기 어렵게 만든다. 한번, 소음에 노출된 피해자는 귀 트임 현상에 빠져든다. 귀가 열리면 작은 소리조차 극도로 예민해져 더욱 크게 들리거나 뒤이어 일어날 소음까지 연상하기에 이른다. 때때로 실제인지 환청인지 심각한 혼란에 빠져 기숙사 생활이 어려워진다.

　이런 부류의 심각한 소음 피해자는 직접 소음의 근원지를 찾아가 문제를 해결하려는 성향이 강하다. 잦은 항의에도 불구하고 소음이 근절되지 않으면 똑같이 복수한다고 벽을 치거나 직접 호실로 찾아가 협박이나 폭행하는 불상사로 발전할 가능성이 크다. 보복 소음은 오히려 고의성이 쉽게 드러나므로 처벌받을 수 있다. 대구의 한 대학기숙사에서 층간 소음으로 주먹을 휘둘러 전치 2주의 상해를 입혀 법적 처벌을 받은 사건이 이에 해당한다.

이렇듯 층간 소음 분쟁 당사자는 이미 감정이 상한 상태여서 이들이 직접 대면하면 자칫 물리적 충돌로 치달을 가능성이 매우 크다. 일단 분쟁이 생기면 당사자 간에 해결이 어려운 경우가 많은 만큼 분쟁이 더 커지기 전에 기숙사 측에 알리는 것이 바람직하다.

기숙사 측은 소음 민원이 발생할 때마다 안내방송을 통해 기숙사 생활자의 소란과 소음에 대한 배려의 마음과 수칙을 상기시키고 조심하도록 지도하는 것은 기본 수순이다. 하지만, 사고 발생 후에 이런 조치는 학생들의 불만을 해소하기엔 역부족이다. 기숙사 측은 같은 민원이 재차 발생하는 것을 감소시키기 위해 수시 순찰을 통해 소음 상황을 먼저 파악하고 선 조치 방안을 강구해야 한다. 기숙사의 소음이 입사 기간 내내 발생하는 가장 많은 민원인 만큼, 생활 수칙인 '소란과 소음 행위'에 부과되는 약한 벌점을 5점 이상으로 높이는 것도 고려해야 한다. 벌점 누적이 향후 입사에 불이익이 있다는 점을 인지시키는 것도 간과해서는 안 된다.

기숙사 입사 시에 실시하는 오리엔테이션이나 입사 안내 자료를 배부할 때도 소음 유발 유형을 상세히 안내한다면 소음 행동을 줄일 수 있다. 또한, 기숙사의 학생들로 구성된 자치회 활동을 통해 생활 당사자가 스스로 소음 문제의 심각성을 가질 수 있는 체험 활동 프로그램도 지원할 필요가 있다. 학생이 자신이 생활 소음을 유발한 가해자인지도 모른 채, 자신의 가해로 인해 불편해하는 피해자가 없도록 예방하는 차원에서다. 이런 활동이 전제될 때, 층간 소음에 시달리는 기숙사 학생들의 불편은 자연스럽게 감소하게 된다. (한국대학신문 2022. 9. 7)

—

코로나 19,
대학기숙사 아슬아슬

대학기숙사는 코로나 19에 취약한 시설이다. 한 건물에 수백 명이 거주하고 한 방에 4명이 생활하는 곳도 많다. 단위 면적당 인원이 밀집돼 있어 확진자가 발생하면 집단 감염의 우려가 매우 크다. 교육부가 방역 관리를 위해 가능한 한 1인 1실을 운영하되 불가피할 경우 다인실을 최소 인원으로 배정하라고 한 이유가 여기에 있다. 전국의 대학기숙사 중 50%가 울며 겨자 먹기로 호실 배정 수를 줄였다. 코로나 19 이전보다 기숙사의 수지는 악화했고 다중시설에 대한 전염병 확산 우려는 여전하다.

1인실이나 2인실을 선택하는 학생들의 비용 부담도 커졌다. 다인실보다 이용 금액이 높기 때문이다. 1인실 사용을 원하는 학생도 급증했지만, 가정 형편상 다인실을 원하는 학생들은 선택의 폭이 좁아져 안타까웠다. 하지만 학생들의 밀집도를 완화해 감염 예방에 도움이 되는 불가피한 선택이라 생각하니 마음이 한결 편해졌다. 비대면 수업의 확대로 학생들이 기숙사에 머무는 총시간이 많이 증가했고 편의실(PC실, 독서실, 헬스장, 식당) 사용에 따른 제재가 있음에도 불구하고 개인당 사용 면적이 높아져 생활의 만족도가 상승한 것은 다행스러웠다. (설문을 통한 COVID-19 전후 기숙사 거주자의 인식 및 형태 연구, 2021)

U 대학기숙사에서 생활하는 학생들은 대학의 코로나 19 대응을 신뢰했다. 확진자가 발생하면 코로나 19 대응 부서와 지자체의 담당 보건소가 연계하여 치료시설로 보내고 완치되어 기숙사로 돌아오는 지원체제를 본 탓이리라. 보건소로부터 밀접 접촉자로 통보받은 학생은 대부분 기숙사에서 격리 기간 동안 있기를 원했다. 대상자들은 가족이나 집까지 이동하면서 다른 사람에게 감염시킬 수 있다는 걱정이 컸다. 학부모도 고3 학생이나 노약자가 있어 자녀를 집으로 데려가길 꺼렸다. 학생이나 학부모는 집처럼 생활하던 기숙사가 편하고 대학이 관리해 주니까 더 안전하다고 생각하는 것 같았다. 기숙사는 보건소와 협의하여 그들이 원하는 대로 1인실에 격리하고 물품 지원을 하고 있다. 하지만 그들로 인해 전염의 불씨가 될까 봐 아슬아슬하다.

2학기가 다가오자 교육부는 '학사 운영 방안'을 발표했다. '실습과 방역이 용이한 소규모 수업은 대면 수업을 허용'하고 '구성원의 백신 접종률과 소재지의 거리 두기 단계에 따라 대학이 대면 수업의 폭을 결정'할 수 있도록 자율권을 부여한 것이다. 이를 토대로 대학은 수업방식을 곧 결정하게 된다. 대학의 수업방식에 따라 기숙사의 등록 인원수가 감소하는 것은 기정사실이다. 하지만 전면적 비대면 수업이 아닌 한 등록자의 일탈은 제한적이다. 전국 대학 평균기숙사 수용률이 23.2%(2021년 대학알리미)밖에 되지 않고 코로나 19 이전의 정원보다 모집 수가 크게 줄었기 때문이다. 기숙사 입사가 확정된 전국의 대학생들은 가정이나 지역사회보다 '학교'가 더 안전하다는 통계를 위로 삼아 이사할 준비를 하고 있다.

개학을 코앞에 두고 있는 기숙사도 입주생을 맞을 준비로 부산하다. 단연 코로나 대응이 눈길을 끈다. 기숙사들은 코로나 19를 예방하기 위한 안전장치로 자가 문진(56개교), 발열 검사(44개교), PCR(42개교) 검사를 주로 했다. 대면 수업의 폭을 결정하는 데 주요 판단 요소인 백신 접종 여부는 1개교에 불과했다. (전국대학교 기숙사 코로나 19 상황 운영 형태 조사, 2021)

반면에 미국의 대학은 백신 접종률을 높이기 위해 학생들에게 등록금의 일부, 기숙사비 1년 치, 상품 등을 지원하고 접종하지 않는 학생은 주기적으로 PCR 검사 결과를 제출하도록 하는 등 적극적 행보를 보였다. 또한, 2차 백신 접종률이 77%인 싱가포르는 사망률이 하락해 독감보다 좋은 수치를 보여 접종률의 중요성을 다시 한번 입증했고 대면 수업을 앞당겼다.

결국, 대학기숙사가 전염병으로부터 학생을 안전하게 보호하려면 백신 접종률을 높이는 것이 선결과제임이 틀림없다. 그 일보로 기숙사 지원서 등을 통해 수시로 접종 현황을 조사하고 접종률을 높이기 위한 이벤트를 기획해 홍보를 강화할 필요가 있다. 방역 상황을 고려해 지자체에서 접종 대상자를 선정하는 '지자체 자율접종'도 좋은 기회로 삼아야 한다. 정부와 지자체 그리고 대학이 서로 협력해 다중위험 시설인 기숙사 학생들에게 우선 접종 기회를 확대한다면 코로나 19에 노출된 아슬아슬한 기숙사를 구할 수 있다고 생각한다. (한국대학신문 2021. 8. 23)

학생생활관은
잠만 자는 곳이 아니다

"첫 학기를 빼고 졸업 학기까지 기숙사에서 연속으로 살았다. 심지어 방학에도 집에 가지 않고 이곳에서 머물렀다. 때로는 집보다 여기가 더 편했다."

학생생활관을 애용한 한 대학생이 언급한 말이다. 일반 숙소와 다르게 학생생활관은 등록한 학생들에게 장기간 머물며 사회생활을 하는 집 같은 정주(定住) 공간으로 인식되고 있다.

학생이 대학 학생생활관에 살려면 학기제로 등록해야 한다. 선발된 학생은 입관(入館) 기간 내에 입실(入室)을 마쳐야 한다. 이때 자녀의 생활관 입주를 돕기 위해 짐 꾸러미를 챙겨 함께 오는 학부모가 많다. 한 살림이 들어간 듯하지만 온종일 빠진 물건을 사들여 놓는다고 연신 가족들은 들락거린다. 짐 꾸러미 수만 보고도 재학생과 신입생을 구분할 수 있다. 재학생보다 신입생의 짐이 더 많기 때문

이다. 여느 집 이사 모습과 다를 바 없다. 대학마다 1학기
와 2학기, 입실 시기에 볼 수 있는 진풍경이다.

부모와 헤어진 사생들은 룸메이트와 만나 처음으로 공동
생활을 시작한다. 나이와 종교, 성격 등이 다른 사람과 만
나 갈등과 해소 과정을 겪으며 성장한다. 사생들은 학생생
활관이라는 작은 공동체 사회에서 타인에 대한 이해와 배
려, 소통이 인간관계에서 무엇보다 중요하다는 점을 배운
다.

학생생활관의 다양한 편의시설은 사생의 독립성을 키우
는 장소가 되기도 한다. 대학생이 되기 전까지 부모가 해
주던 밥과 빨래, 청소 등을 이제는 자신이 스스로 해결해
야 한다. 공동취사장이나 세탁실 등에 비치된 기기로 간편
식 만들기, 세탁기로 빨래하기, 사생실 청소하기를 몸소 체
험한다. 사회생활에 필요한 의식주(衣食住) 행위는 독립성
과 사회성을 키우는 계기가 된다.

학생생활관은 다양한 방과 후 활동을 즐기는 장소로도
제격이다. 중앙도서관에 있는 열람실처럼 공부할 수 있는
독서실과 클럽 모임이 가능한 세미나실 등이 구비되어 있
기 때문이다. 비(非)사생들이 수업을 마치고 집에 가는 이
동시간만 활용하더라도 학습활동에 대한 가성비는 매우 높
다. 특히 학생생활관에서 제공하는 외국어, 체육, 인문 독
서 등 여러 프로그램은 대학 수업과 사회생활을 통합하고

주체적인 삶을 설계하는 데에 많은 도움이 된다. 학생들의 수요 조사를 통해 이뤄지는 교육인 만큼 참여도가 높고 학업성적 향상에도 영향을 미친다. '꿩 먹고 알 먹기'다.

이렇듯 학생생활관은 대학과 사회생활에 필요한 '인성교육' 함양에 크게 기여하고 있다. 미국의 대학은 학생생활관을 '기숙사 대학(residential college)'이라고도 말한다. 이들 대부분 대학은 신입생들에게 기숙사 입주를 의무화하고 대학사회의 공동생활을 통해 세상을 보는 안목을 키우는 교육 지원의 장(場)으로 활용한 지 오래다.

그러나 코로나 19가 학생생활관의 공동생활 문화를 위축시키고 있다. 학기제 모집이 아닌 시험 기간 혹은 일주일간 빌려주는 대학이 등장하면서다. 수업이 대면에서 비대면으로 바뀌거나 확대될 때마다 환불 인원이 속출하면서 빚어진 일이다. 일부 대학의 학생생활관은 미충원율을 낮추고자 어쩔 수 없이 선택했을 것이다.

글쓴이의 대학도 시험 기간 입사생을 받은 적이 있다. 지난해 2학기 비대면 수업이 확대되자 사생의 환불로 공실이 많아졌기 때문이다. 잠만 자는 룸(room)을 대여한 셈이다. 단체 시설을 마치 여관처럼 운영하는 것 같아 마음이 무거웠다.

학생생활관은 입사생의 정주 기간 대학 수업과 더불어 사회생활 등 전인교육을 지원하는 하나의 통로여야 한다.

일반 숙박업체처럼 이용자가 필요에 따라 들락거린다면 인성교육은 불가능하다. 대부분의 공동체 생활자에게도 불편과 혼란을 야기할 것이다.

학생생활관은 며칠 동안 잠만 자기 위해 찾는 곳이 돼서는 안 된다. (한국대학신문 2021. 4. 7)

04

지역사회

——

고래바다여행선
항로를 바꾸자

'사과' 하면 '대구'를 떠올렸던 시기가 있었다. 지금은 대구에서 사과를 재배하는 곳은 거의 없어졌고, 팔공산 자락에 일부 농가만 남아 있다. 사과는 연평균 기온이 8~11도, 생육기 기온이 15~18도 정도의 서늘한 기후에 잘 자라는 과수이기 때문이다.

대구에서 밀양으로 이동한 사과 산지는 맛이 좋아 큰 인기를 누리고 있지만, 북쪽 지역에서 재배한 사과 맛 또한 좋아지고 있어 농민들이 긴장하고 있다. 기온의 변화에 민감한 농작물의 주산지가 이동하는 것처럼, 바다의 어자원(魚資源)도 바닷물 온도나 바람과 같은 자연현상에 따라 이동하는 것도 당연한 이치이다.

한때, 울산의 장생포 앞바다는 고래의 바다, 경해(鯨海)라고도 불렀다. 우리나라에 유입되는 고래의 80%가 장생포를 통해 들어온 고래 산업의 중심지였다. 개도 만 원짜리 지폐를 물고 다녔고, 장생포 포수는 울산 군수하고도 안 바꾼다고 할 정도로 돈과 그 위세는 대단했다.

고래 고기와 기름을 얻기 위한 남획은 고래의 개체 수를 많이 감소시켰고 1986년의 포경 금지는 장생포 포경산업 발전을 송두리째 흔들어 놓았다. 울산시 남구가 옛 명성을 복구하고자 '고래문화특구' 사업을 전개하면서 그 하나로 여행선에서 고래를 볼 수 있는 '고래바다여행선'을 2009년부터 운영해 오고 있다. 우리나라 최초의 고래탐사여행선이란 점에서 관광객들에게 큰 호응을 얻었다.

하지만, 고래바다여행선에서 고래를 만날 수 있는 확률은 20%도 채 안 된다. 배가 5번 출항해서 4번은 허탕을 친다. 이런 사전 정보가 없는 상태에서 승선자들은 고래를 못 보자 실망했고 여행선을 재차 찾지 않게 되었다. 매년 수입의 두 배 이상 적자를 낸 원인의 하나가 되었고 만성적인 적자는 시민의 세금으로 메우는 상황이 지속되고 있다.

'고래 떼가 나타났다는 소식'을 듣고 나도 두 번 승선한 적이 있다. 첫 승선은 출항과 동시에 해설사가 안내하는 장생포 연안의 고래박물관과 고래생태체험관, 고래문화마을의 설명을 듣고, 울산항 좌우에 형성된 산업도시를 보고 즐겼다. 세계를 선도하는 우수한 공업화의 면모에 압도되어 고래 탐사가 실패하여 아쉬움은 있었지만 '매우 실망' 정도는 아니었다. 하지만 재차 승선에서 고래 떼를 발견하지 못하자 실망감은 첫 승선 때와 달리 컸다. 비록 예측하기 어려운 자연현상에 의지하는 고래바다여행선의 입장을 고려하고, 고래생태관에서 수족관의 고래를 볼 수 있는 대체 상품을 미끼로 제공했지만 상한 마음이 상쇄되지 않았다.

강산도 변한다는 10년 이상의 세월이 흐른 지금, 고래바다여행선의 운항 항로는 처음과 다르지 않았다. 고래를 탐사하는 지역은 장생포항에서 북구 정자 쪽으로 곧장 가면 단거리임에도 불구하고 남쪽에 위치한 온산 앞바다로 내려갔다가 다시 북구로 올라오는 우회 뱃길을 운항했다. 승객의 여행 시간 낭비와 불필요한 노선 운행에 따른 연료를 허비하고 있었다. 총 3시간 여행코스에서 탐사 시간은 1시간에 불과했다. 나머지 2시간은 이동시간이었다. 고래와 조우할 수 있는 확률은 너무 낮았고 '행운'에 맡길 수밖에 없는 상황이었다.

게다가 고래연구센터는 지금 탐사지역보다 경주 양포와 포항 구룡포에 고래출몰이 많다고 한다. 바다의 어자원인 고래가 수온이나 파도 같은 자연현상에 따라 북쪽으로 이동하고 있음이 틀림없다.

낮은 고래 발견율을 높이는 것은 항로 개선이 우선이다. 항로 단축은 불필요한 이동시간을 줄이는 만큼, 탐사 시간은 많아진다. 고래 출현이 상대적으로 높은 경주나 포항지역까지 탐사를 확대한다면 발견율은 증가할 수밖에 없다. 해양수산부와 울산의 남구청 그리고 경주시와 포항시 이해관계자의 이해와 합의가 그만큼 중요해진다.

고래바다여행선은 국내 최초이자 유일의 현존 '고래' 관경선(觀鯨船)이다. 지자체의 '고래문화특구'라는 하나의 사업에 국한해서 사안을 보면 곤란하다. 해상 항로 변경에 따른 안전 문제가 없다면 과거에 구획한 바닷길을 수정해야 한다.

항로 변경과 탐사 시간의 확대 그리고 바람에 강한 드론을 해상에 띄우거나 새로운 기술이 탑재된 어군탐지기까지 활용한다면 낮은 고래 발견율을 개선하는 데 도움이 된다.

전국에서 찾는 관광객이 동해에서 뛰노는 고래 떼를 보고, 삶의 활력을 찾을 수 있게 만드는 것은 바닷길을 만드는 해양수산부와 고래바다여행선을 운영하는 남구청의 손끝에 달려 있다. (울산 남구 문화 2021. 12.)

—

고래여행선에서

고래 이야기를 듣고 싶다

목적 없는 여행은 없다. 얼마 전 TV에서 방송된 고래바다여행선의 고래 발견 여행 소식이 귀에 들어왔다. 당장 신청했다. 수천 마리의 돌고래가 한꺼번에 물살을 가르며 수면 위로 뛰어오르는 모습은 가히 장관이었다.

울산의 장생포 앞바다가 물 반, 고래 반이었다. 최근 들어 승선객들은 주말에 연속으로 고래를 만나는 호사를 누렸다. 그들처럼, 나 역시 고래를 관경(觀鯨)할 수 있다는 기대감으로 여행선을 탔다.

고래바다여행선은 2009년부터 12년째 '고래 탐사'를 위해 운영하고 있다. 1986년 포경 금지로 관광산업이 위축되자 울산광역시와 남구청은 바다 위에서 고래를 관찰하는 여행으로 전환했다.

장생포항 선착장에서 유람선이 출항했다. 선미(船尾)는 장생포 전경이 한눈에 들어왔다. 돛대 꼭대기로 숲을 이루던 용잠동 내해 마을의 포경기지는 공업단지에 묻히고 없었다. 다행히 포경산업의 유물과 자료를 수집하여 보관한 '고래박물관'이 당시의 역사를 대변해 주고 있다. 박물관 밖에 고래를 잡았던 포경선 한 척이 설치되어 있고, 배 안에 설치된 작살포와 망루는 한 시대의 고래잡이 모습을 짐작하게 한다. 도로 건너편 야산은 어민들의 생활상을 재현한 고래문화마을이 자리 잡았다. 우리나라 최초의 고래 특구로서의 요건은 두루 갖춘 셈이다.

배가 장생포 앞바다를 전진해 나가는 좌우 연안에 공업도시 위상을 보여주는 시설이 즐비하다. SK에서 생산한 가스나 유조선, 현대미포조선 앞바다의 거대한 해상크레인과 선박 건조선, 현대자동차에서 생산한 자동차 3천 대를 싣는 카페리호, 현대중공업 앞바다의 대형컨테이너나 주조선 등이 바닷길을 이용한다. 고래바다여행선이 울산 신항과 외항의 선박 주차장을 지나 탐사지에 도착하는 데 1시간이 소요되었다.

끝없이 이어진 수평선을 바라보며 탐사를 시작한 지도 1시간이 지났다. 아직 고래는 나타나지 않았다. 시간이 부족했던 것일까. 아니면 이미 고래 떼가 놀다 간 시간일까. 하기야 고래 발견율이 20%밖에 안 된다고 하니 허탕할 확률이 80%이다. 옆 좌석에 앉은 한 관광객은 3년 동안 몇 번 타 보았지만, 매번 못 봤다고 투덜거렸다. 나 역시, 3시간의 긴 여행 시간과 상대적으로 고가인 승선비를 내고도 고래를 못 본다면 본전 생각이 날 것 같았다.

몇 해 전, 장생포항 연안의 공업 도시를 배로 둘러보는 '해울이 해상관광'을 한 적이 있었다. 해설사는 현대자동차 선적장에 대기 중인 배(카페리호)가 완성차를 실으며, 선박 중에서 가장 못생겼다고 했다. 현대미포조선의 선박 건조 시설인 도크(dock)는 그 속에 채운 물을 빼는 날, 미처 빠져나가지 못한 생선을 잡아, 근로자들이 회식했다는 이야기는 흥미로웠다. 현대중공업 앞바다에 떠 있는 석유시추선이 바로 정유공장 역할을 한다고 말하던 해설사의 모습이 아직도 기억난다.

고래 유람선 여행은 '해울이 해상관광'과 다른 차별성이 있으리라 생각했다. 하지만, 뱃길 좌우에 들어선 공업 도시와 포경과 관련된 역사와 문화를 소환하여 이야기하기는커녕 공업 도시의 발전상 소개에 치중했다. 여행선이 지나가는 연안 일대는 과거에 포경 근거지를 바탕으로 공업 도시가 발전했고, 도처에 고래잡이와 관련된 숨은 이야기가 많은데 연결해 내지 못했다. 포경과 산업도시가 서로 연관되는 줄거리를 만든다면 고래바다여행선의 정체성이 살 수 있을 텐데 아쉬웠다. 여행객들이 고래를 못 보고 돌아가야 할 경우를 대비하여 '연안 관광'이 아닌 '고래 관광' 이야기로 재구성해야 한다.

이를테면, 과거의 포경 전성기에 고래를 직접 탐사했던 여러 가지 재미있는 이야기를 들려주면 어떨까. 가령, '포수가 뱃머리에 설치된 포경포를 쏘아 19미터나 되는 고래를 명중시킨 뒤, 작살에 연결된 줄을 쫓아 따라간다. 고래가 힘이 빠진 다음 보트를 내린다. 고래에 접근해서 창을 던져 잡는다. 포획한 고래를 쇠사슬로 감아 배 우현에 고정한 후 거의 하루를 달려 장생포로 돌아온다'라는 선인들의 체험담 소개가 많으면 좋다. 관광객은 포경의 간접 체험 효과를 느낄 수 있기 때문이다. 이런 해설은 선착장에서 출발할 때 보았던 포경선의 작살포와 망루의 맥락 관계를 이어주고, 더 나아가 박물관을 방문하고 싶은 호기심도 자극할 수 있다.

고래를 발견하지 못해 실망한 관광객들을 다시 불러들여야 한다. 그렇게 하기 위해서는 해설 내용이 보완되어야 한다. 고래의 발견 확률을 높이기 위한 드론이나 어군탐지기와 같은 기기 도입도 중요하지만, 실속 있는 고래 이야기가 여행선의 수십억 누적 적자를 완화할 수 있는 실마리가 될 수 있다. (울산의 풍경소리 2020. 11)

—

글쓰기 능력 향상을 위한
상시 지원책 시급

'올해 초 서울대 자연과학 대학 신입생 글쓰기 평가를 했더니 39%가 70점 미만을 받았다. 논제를 벗어나거나 근거 없는 주장 그리고 인터넷상에서 사용하는 비문(非文)이 많아 글쓰기 정규 과목을 수강하기 어렵다'라는 기사였다. 우리나라 대학생들의 글쓰기 능력의 현주소를 보는 듯했다.

이처럼 대학생의 글쓰기 능력이 떨어지는 이유는 산업사회 화두에 밀린 인문학이 도외시되면서 글쓰기 교육을 등한시했고, 글을 읽고 토론하고 쓰는 통합 교육마저도 지속해서 뒷받침하지 않았기 때문이다.

다행히 어둡고 긴 잠에 빠져 있던 인문학이 기지개를 켜고 있다. '인문학 및 인문정신문화의 진흥에 관한 법'이 통과되면서 읽기에서 글쓰기 교육으로 관심이 옮겨지고 있다. 대학은 글쓰기 정규교과목 외에도 국고 지원을 받은 소수의 대학이 독서 프로그램과 연계해 인문학 읽기 및 독후감과 독서 서평 쓰기를 강화하고 있다. 한국전문대학교육협의회도 전문대학생 대상의 '독서 서평대회'를 2017년 상반기에 개최해 좋은 결과물을 얻었다.

이러한 노력과 함께 대학생의 글쓰기 능력을 더욱 끌어올리기 위해서는 첫째, 교육을 상시로 지원할 전담부서가 필요하다. 한 학기 수강하는 정규교과목만으로는 글쓰기의 완성도를 높일 수 없다. 현재 국고 지원이나 관계기관의 지원으로 운영되는 글쓰기 프로그램마저도 지속적이지 않기 때문이다.

둘째, 상주하는 전문가가 다양한 글쓰기 지도를 해야 한다. 독서 후 글의 종류가 독후감과 에세이 일변도에서 벗어나 글쓰기 영역을 감상문, 에세이, 서평 등으로 확장할 필요가 있다. 이 중에서 서평 글쓰기를 장려했으면 한다. 이유는 먼저, 창의력 계발로 이어지기 쉬운 형식이다. 책을 정독하면서 저자 사항, 줄거리, 주제, 저술 동기, 핵심 내용 등을 체계적이고 논리적으로 재구성(자신의 글 70%)해 독자에게 전달하는 글이므로 한 편의 새로운 창작물이 될 수 있다. 그리고 서평 글의 다양한 정보는 독자의 흥미 유발로 또 다른 독자를 유인하는 효과가 크다. 마지막으로 서평 글은 사회의 공론장으로 확산시킬 수 있다. 집단토론 후든 개인의 독서 후든 서평 글이 양산된다면 조직과 사회의 소통문화 채널로도 작동될 수 있기 때문이다.

대학생들 글쓰기가 대학생 수준 쓰기까지 대학 당국은 상시 지원 부서와 인력을 상주시키는 등 지원책을 앞당겨야 할 것이다. 글쓰기는 전공과 관계없이 대학교육의 근간이다. 어느 분야에서든 진정한 프로가 되려면 글쓰기 능력을 으뜸으로 요구하기 때문이다. (한국대학신문 2017. 10. 11)

대학 온라인 교육,
지금이 투자의 적기다

대학 온라인 수업에 대한 학생들의 불만이 높다. 한 조사에 따르면, 온라인 강의가 불편(78.9%)하고, 수업의 질이 떨어진다(82%)는 평가가 이어지고 있어 걱정이다. 코로나 19 사태로 온라인 개학에 맞춰 급히 만든 수업이 좋은 평가를 받으리라는 것은 요행을 바라는 격이다.

강의실 대면 강의에 익숙한 교수들은 교육환경이 바뀐 생소한 화상 강의 시스템에서 수업한다. 영상 강의 자료를 준비하고, 부가적으로 새로운 시스템까지 사용하므로 부담이 된다. 강의 준비는 종전의 대면 강의 때보다 3배 이상의 시간을 들인다는 말은 과언이 아닌 것 같다.

온라인 교육의 주류는 비대면 방식을 채택하고 있다. 교수가 수업 전에 만들어 놓은 강의를 학생이 혼자 시청하므로 의사소통이 어렵다. 교수와 학생 간 상호작용이 원활하지 않으면 학습 부진으로 이어지기 쉽다. 교수가 원맨쇼로 만든 수업자료는 전문가의 지원을 받아 교수용 자료를 설계하고 촬영 장비가 갖추어진 스튜디오에서 생산한 콘텐츠보다 가독성이 떨어진다. 이런 자료는 학생들의 학습 의욕을 떨어뜨릴 수 있다.

우수한 인터넷 강의에 노출된 학생들이 대학의 온라인 강의를 저평가한 것은 놀랄 일이 아니다. 강의 초반에 불안정했던 학습지원시스템의 사용은 다행히 원활해졌다. 학생들의 수업 이해도를 평가하기 위한 다양한 과제 요구는 실시간 대면 수업의 단점을 보완할 수 있다. 학생들의 불만을 감소시키는 남은 과제는 수업의 질을 높이는 것이다.

얼마 전, 필자는 실시간 대면용 '도서관 이용자 교육' 콘텐츠를 만드는 데 도움을 받고자 줌(ZOOM) 교육에 참여했다. 강연 도중 교수자와 학습자의 질문과 답변이 자연스럽게 오가고, 팀별 학습활동도 활기를 띠었다. 때로는 시스템 사용이 익숙하지 않아 화면을 빠져나갔다 다시 돌아오면서 진도를 놓치는 경우도 있었다. 새로운 기기를 활용해 교육 자료를 만드는 공부가 쉽지 않았다. 교육을 마친 후의 생각은 이론 과목뿐만 아니라 실습과목도 비대면 수업의 활용 가능성이 커 보였다.

비대면 수업에서의 다양한 수업 도구의 활용은 오프라인 수업 단점을 보완할 수 있어 교수의 전문 지식을 더욱 격상시킬 수 있을 것 같았다. 가상공간에서의 실시간 팀 활동은 학생 주도의 수업을 유인할 수 있고, 생동감 있는 수업 구성의 면모가 엿보였다. 앞으로 강의용 온라인 콘텐츠 제작에 스튜디오 전문가까지 지원한다면 학생들이 저평가한 온라인 강좌의 인기는 단기간 내에 고점을 향해 우상향할 것으로 생각한다.

코로나 19가 촉발한 '온라인 강의'가 교수나 학생들에게 혼돈과 불편을 일으켰지만, 이런 경험 자료는 미래의 교육 방식을 앞당기는 실마리가 될 것이다. 메르스의 경험 자료가 코로나 19 대응에 도움이 됐듯이, 코로나 19로 인한 온라인 강의의 경험 자료도 대학의 온라인 교육을 혁신하는 데 좋은 자료가 될 수 있다.

저평가된 대학의 온라인 교육, 지금이 투자의 적기다.
(한국대학신문 2020. 5. 19)

—

대학 축제와 정체성

축제는 그냥 놀이가 아니다. 원래 축제는 예수의 탄생을 기념하는 크리스마스와 같이 공동체의 구성원들이 종교적 사건을 기념하기 위해서 모이는 행사였다. 지금의 축제는 공동체의 전통이나 특정한 측면에 초점이 맞춰져 있다. 주로 5월과 10월 말까지 개최되는 대학 축제는 학생들이 대학의 전통을 체험하고 공부의 중압감에서 잠시 벗어나 대학 문화를 마음껏 누릴 수 있는 행사이며 볼거리, 즐길 거리, 먹거리 장을 펼친다.

대학의 축제에서 볼거리는 학과의 특성을 잘 드러내는 교보재나 포트폴리오 그리고 시연이다. 학생들이 교사가 돼 가르칠 교육계획안과 교보재를 만들어 둔 부스는 교보재 시장을 방불케 한다. 실습의 결정체들은 조금 더 다듬으면 특허를 내거나 시중에 판매해도 손색이 없을 정도일 뿐만 아니라 대학의 정체성과 학과의 발전 면모를 엿보게 된다.

또 다른 볼거리는 유명한 가수의 초청공연이다. 축제 행사 중에서 가장 많은 사람이 모이는 곳이므로 연예인 섭외와 무대를 꾸미는 데 축제 총비용의 50% 이상을 지출한다고 한다. 학생이 주체가 돼 그들의 이야기로 무대를 채워야 할 공간이 유명 가수의 콘서트장으로 전락하고 있다. 물론, 유럽의 '께이마 다스 휘따스' 축제처럼, 가수가 오더라도 축제 주제와 부합하는 노래를 부르면 상관없다. 그렇지 않다면 대중 가수에 의한 대중문화 축제로 변질할 수 있어 대학 축제 문화의 고유한 정체성이 훼손된다.

대학의 축제에서 즐길 거리는 학과나 동아리, 부속기관에서 마련한 체험 부스이다. 천연 화장품 만들기, 바리스타, 성격 치유, 가상현실 부스 등을 직접 체험하면 미래 직업에 대한 도전 의식이 생기게 될 것이다. 다만, 각 부스 행사도 좋지만, 함께 일체감을 느낄 수 있는 단체 행사가 없어지는 추세라서 아쉽다. 과거 축제의 슬로건이었던 '대동제'의 전통을 보완해 보면 어떨까? 1970년대 전통 계승을 위한 씨름 및 줄다리기나 1980년대 정치적 풍자가 가미된 대동제 성격의 노래극이나 풍물놀이 등을 통해 민중의 소리를 축제로 대변해 오지 않았던가? 이 점이 지방자치단체가 개최하는 축제와 다른 차별성 중의 하나이다.

대학의 축제에서 먹을거리는 주점이다. 밤이면 밝혀지는 거대한 포장마차촌. 대학의 학과, 동아리, 학생모임 등이 대부분 주점을 운영하다 보니 경쟁이 치열하다. 1990년대와 2000년대를 이어 오면서 주점의 호객 행위를 위한 선정적 옷차림과 행동, 문구의 강도가 세월 수에 배가되고 있다. 지금처럼 대중적 먹을거리 장으로 도배한다면 소속 대학의 학생마저도 외면할 것이며, 더 나아가 대학의 구성원과 지역의 주민까지 참여하지 않아 대학의 홍보 기회마저 놓치게 될 것이다.

대학 축제의 정체성은 축제의 일관된 방향성, 차별화된 프로그램, 축제의 지속 가능성을 담아내야 한다. 대학생은 물론 지역주민까지 스스로 찾아와서 함께 축제를 즐길 때 그 가치가 빛나게 된다. (한국대학신문 2017. 11. 8)

도시와 하나 되는
울산평생학습박람회

제7회 울산평생학습박람회가 10월 26일 개최된다. 지역의 대표적 학습, 문화, 스포츠를 아우르는 종합축제이다. 가족 친화적 축제로는 으뜸이다. 어린이나 성인에 이르기까지 누구나 함께 즐길 수 있다. 축제장은 평생학습에 관한 정보나 지식을 얻을 수 있고, 체험도 폭넓게 하는 장(場)이므로 기대가 크다.

올해는 울산대공원 남문 SK 광장에 홍보와 체험 부스 75개를 구성하고 이틀간 1만 5천여 명이 참여할 것이라고 한다. 제1회(2013년) 박람회 때 3일간 90여 개 부스를 찾은 10만 명의 수치와 비교하면 행사의 규모가 크게 줄었다.

축제 주최가 교육청에서 시청으로 바뀐 여파일까. 교육청이 주최할 때는 소속 학교가 많아서 학생들의 참여가 높았을 거라고 추론이 가능하다. 부스의 내용도 그들을 위한 내용이 많았던 것이 사실이다.

평생학습 주관기관인 울산광역시 평생교육진흥원이 2012년 개원하면서 2007년부터 교육청 소속의 남부도서관이 개최해 왔던 '울산평생학습축제' 업무를 이어받았다. 평생교육 업무를 총괄하는 기관이 생기면서 변화된 일면이었다. 축제 이름도 '울산평생학습박람회'로 변경했다. 축제 참여기관이 다양해졌고, 대상은 학생이나 일반 성인 중심에서 은퇴자와 장애인 등으로 확장되었다. 평생교육 기관이 464개(2014)이고, 5개 구·군청 모두 평생학습도시라서 학습 인프라도 좋아졌다. 이런 확대된 조건에도 축제에 참여하는 인원과 일정이 감소하면 아쉽다.

얼마 전, '2019 웰빙라이프 Ulsan' 축제장에 들렀을 때이다. 나이가 60대에 이르니 '웰빙'에 관심이 커졌다. 건강한 먹거리와 생활 정보를 얻고 체험할 요량이었다. 푸드코트, 마켓, 체험관, 디저트 영역으로 구획된 70여 개의 부스가 있었다. 디저트 부스는 떡집에서 파는 떡이요, 제과점의 빵이며, 커피숍의 커피였다. 부스의 이름에 접두어 웰빙만 덧붙였다.

나는 건강 홍보부스에서 스트레스 지수 측정에 참여했다. 검사하는 동안 바로 앞 무대에선 '전국울산웰빙가요제'가 한창이었다. 축제마다 노래가 빠지지 않듯이, 여기도 마찬가지였다. 신체나 정신 스트레스, 피로도, 심장 안정도를 측정하고 있는데 큰 노래 소음이 정확도에 영향을 미칠세라 노심초사했다. 축제의 주제가 가늠이 안 되어 정체성마저 의심스러웠다. 축제장에 참여자가 적은 것은 이런 이유에서 비롯되는 것은 아닐지 고민해 봐야 한다.

반면, 아일랜드의 코크평생학습축제는 참여 공간과 참여자 수에서 다른 축제의 추종을 불허했다. 8일간 참여자가 2만 명(시민 1만 명 이상과 종사자 1만 명임. 유네스코가 인정한 우수 평생학습축제)을 웃돌았다. 인구수 22만 코크시에 하루당 대개 70여 개 이상의 프로그램이 다르게 운영되었다. 모든 계층과 연령이 참여하며 참여비는 무료였다. 도서관과 학교 등에서 전시나 발표, 체험 그리고 강연이 이루어졌다. 공장을 견학하고, 강에서 카약을 즐기며, 숲속을 걷고, 거리에서 게임을 즐겼다. 평생학습도시 전체가 거대한 축제장을 방불케 하고 있어 축제의 좋은 본보기가 되고 있다.

우리나라처럼 한 장소에 무대나 부스를 설치하고 부스에 동일한 체험 프로그램을 운영하는 것과는 대비되었다. 축제 기간 내내 아일랜드 시민들은 코크시를 무대와 부스 삼아 원하는 것을 배우고 인생을 즐겼다. 축제는 도시와 하나 되는 시민의 학습공동체였다. 이것이 바로 울산평생학습박람회가 나아가야 할 방향이 아닐는지. (경상일보 2019. 10. 16)

—

숲못 산책로의 철조망,
왜 못 치울까

‘숯못 생태공원’을 걷는다. 중구 성안동 주택지에서 가까운 작은 저수지이다. 둘러보는 시간은 30여 분. ‘성안 옛길’과 ‘칼국수 맛집’ 근처여서 길손들의 발길이 잦은 곳이다. 울산 도심과 시골의 경계를 따라 성안 옛길을 걸을 때 잠시 쉬어가기에 좋다. 이름은 많이 알려지지 않았어도 한번 다녀간 사람은 누구나 다시 오고 싶어 할 정도로 소박한 멋이 돋보여 나도 종종 들르던 곳이다.

숯못의 물 색깔은 옅은 검은색이다. 오래전에 한 노파가 검은 숯을 씻었다는 전설 때문에 그런지 고인 물이어서 탁해 보여서 그런지는 알 수 없다. 이 저수지가 한때 옛 성안 주민들의 빨래터였고, 농수 공급처였던 것은 사실이다. 2008년에 중구청이 이곳을 친환경 자연생태공원으로 꾸민 뒤부터는 야생 동·식물의 서식 공간이자 학생과 주민들의 자연 관찰이나 휴식 공간으로 환영받았다.

저수지를 가로질러 보행 데크가 설치되어 있다. 구경하러 온 사람들이 주변을 둘러볼 수 있도록 친환경적으로 가꾸어져 누구든 그냥 지나치지 못한다. 데크 광장에서 출발해 인근 야산 숲길 산책로 쪽으로 걸어갔다. 그런데 저수지 중간을 지날 즈음 흉물스러운 구조물과 철조망이 길을 막고 있는 게 아닌가. 나와 반대편 숲길 산책로에서 데크 광장 쪽으로 오던 가족과 지인 일행이 발길을 되돌리고 있었다. 길은 나 있어도 오갈 수 없는 반쪽 길이 되고 만 것이다.

얼마 전, 연예인 최주봉이 성안 둘레길과 구도심 길을 걷는 프로그램에 따라 숯못을 찾은 적이 있다. 그도 예외 없이 내가 서 있는 이곳에서 발길을 돌려야만 했다. "어머, 철조망이 왜 처져 있어. 저쪽에서 사람들이 못 오잖아"를 연발하며 어리둥절해하던 그의 모습이 아직도 눈에 선하다. 무슨 이유로 길을 막아야 했을까? 안내문도 없이…. 혹시 '삼천갑자 동방삭과 마고 할미' 전설과 관련이 있는 것은 아닐까.

전설에 따르면 옛날 중국 곤륜산에 서왕모(西王母)라는 여선(女仙)이 불로불사의 명약을 가지고 있었다. 동방삭이 그 약을 훔치려다 실패하고 대신 복숭아를 훔쳐 먹고는 18만 년을 살고 있었다. 어느 날 서왕모의 분노를 산 동방삭이 도피 생활에 나섰고, 서왕모의 명을 받은 마고 할미가

그를 잡으러 울산 숯못까지 오게 되었다. 할멈은 변신술이 뛰어난 동방삭을 잡기 위해 꾀를 부렸다. 숯못에서 오랫동안 검은 숯을 씻고 있었던 것. 이를 기이하게 여긴 한 나그네가 "할멈은 왜 숯을 그렇게 씻고 있소"라고 묻자 할멈은 "검은 숯이 흰 숯이 되도록 물에 씻어 바래는 중이오"라고 답했다. 그러자 나그네는 "난 삼천갑자를 살았지만 검은 숯이 흰 숯으로 바래는 일은 처음 보는 일이오"라고 말했고, 마고 할미는 기다렸다는 듯이 동방삭을 잡아갔다.

이처럼 숯못은 동방삭의 실언과 마고 할미의 인내가 주는 교훈과 재미를 담고 있는 곳이다. 그런데 이상한 일이 벌어졌다. 동방삭의 실언이 스스로 화를 자초했듯, 중구청이 사유지 구매와 환매를 매끄럽지 못하게 한 것이 화근이 되고 말았다. 생태공원과 구민문화체육센터를 짓겠다고 사유지 등 1만여㎡를 사들였으나 구민문화체육센터를 다른 곳에 옮기기로 하면서 토지를 원소유자에게 도로 팔고 말았던 것. 중구청은 이때 공원 데크도 포함된 용지를 같이 팔았고, 땅 주인은 사유지 침범을 이유로 공원 일부를 통제했다. 출입 통제는 일시 풀렸다가 땅 주인의 실력 행사로 길은 또다시 막히고 만다. 많은 세금을 들여 꾸민 산책로가 사유지 침범을 이유로 막히면서 그 길을 걷고 싶어도 걸을 수가 없으니 안타깝기 짝이 없다.

주민들의 생태학습과 안식의 공간이 불구로 방치되어선

안 된다. 성안 옛길을 걷거나 맛집을 찾아와 숯못에 들렀던 사람들은 마고 할미처럼 인내심이 강하질 못하다. 하루빨리 산책로의 철망을 걷어내고 숯못 생태공원의 온전한 모습을 되찾을 수 있도록 당국이 신경을 써주어야 할 것이다. (울산제일일보 2021. 1. 4)

아산로 중앙분리대 식물,
정비하라

차가 아산로에 들어섰다. 직장이 울산 동구에 소재하고 있어 오고 가는 길이 된 지 오래다. 왕복 6차선 도로가 활주로처럼 쭉 뻗어 있어 시원스럽다. 중앙선 침범을 막고 양방향을 달리는 차량의 저항을 줄이기 위해 만든 중앙분리대도 끝없이 이어진다.

이곳의 화단에 댕기나무꽃과 회양목, 사철나무가 빽빽이 우거져 있다. 소박하게 하얀 꽃을 피운 댕기나무꽃이 유독 눈길을 사로잡는다. 도심 도로에 식물이 많으면 운행자와 보행자 모두에게 나쁠 리 없다. 문제는 관리에 있다.

여름철 식물들은 제멋대로 웃자랐다. 잡풀은 도로까지 침범했다. 사방으로 뻗어 나가 사람의 눈을 어지럽힌다. 화단을 돌본 적이 꽤 되었는지 깎은 경계가 희미하다. 중앙분리대는 운전자의 안전을 위해 만들었는데 오히려 위협하는 존재가 되었다.

바람이 강하게 불거나 폭우가 쏟아질 때면 휘어진 줄기

가 차량을 덮칠까 염려된다. 주행 중에 급히 핸들을 꺾거나 브레이크를 밟아 속도를 줄이기 일쑤다. 차체가 휘청거리는 순간도 있다. 급한 자동차 기기 조작과 불안정한 운전은 나의 불편에 그치지 않는다. 뒤따르는 운전자에게 불안감을 주고 사고를 유발할 수도 있다.

한여름을 넘기고 입추(立秋)가 지났는데도 식물의 머리 단장과 잡풀 제거는 관심 밖이다. 산발한 식물들과 잡풀 정리가 늦어지는 이유가 뭘까. 벌초를 일 년에 한식과 추석 무렵 두 번에 걸쳐서 하듯이, 이곳도 그러하단 말인가.

아산로(峨山路)는 단순한 도로가 아니다. 관광 상품이라 해도 과언이 아니다. 자동차를 생산하는 현대자동차와 담벼락을 경계로 마주하고 있어 도로를 달리면서 회사를 엿볼 수 있는 곳이다. 세계 최대 규모의 단일공장인 현대자동차 울산공장은 하루 평균 6천여 대의 차량을 생산한다고 한다. 갓 나온 많은 완성차의 모습은 비경이다. 차의 종류와 색상도 다양하다. 눈이 호사를 누린다.

울산공장과 아산로를 가로지르면 수출 차량 선적장이 있다. 수출길에 오르기 전 대기하고 있는 자동차와 수출용 선박에 쉼 없이 들어가는 차량 행렬도 장관이다. 국가경쟁력을 보여주는 현장이자 경제 상황을 가늠케 해주는 현장이다. 여름 휴가철에 울산을 방문하는 여행객에게 자랑하고 싶은 울산경제의 산실이기도 하다.

아산로의 중앙분리대는 도로 그 이상의 의미를 지닌다. 현대자동차와 태화강 하류를 좌우의 담으로 삼아, 이은 길은 현대자동차와 분리할 수 없다. 국가와 울산 발전에 헌신한 정주영 회장의 도전과 개발 정신을 기리기 위해 회사가 만들어 울산광역시에 기부했다. 이에 화답이라도 하듯 울산시는 착공 당시 '해안도로'로 불리던 도로명을 현대그룹 명예회장의 호를 따서 '아산로'로 바꿨다. 도로에 대한 애정은 현대자동차와 시(市), 모두 다를 리 없다.

중앙분리대 화단은 아산로와 한 몸이다. 화단 제초작업은 통행인들의 안전만 생각하는 게 아니다. 한국 자동차산업의 과거와 현재의 역사적 가치를 알기 위해 이곳을 방문하는 사람들을 위한 일이다. 좋은 인상을 남겨야 다시 찾지 않겠는가. 벌초하듯 하는 통상적인 풀 깎기가 아니라 울산의 경제 발전을 내다보는 관점의 관리와 감독이 이뤄져야 마땅하다. (울산제일일보 2020. 8. 19)

—

울산들꽃학습원 원두막에서
쉬고 싶다

'울산들꽃학습원'에는 다양한 야생화와 수목이 자라고 있다. 지친 육체와 마음이 치유되는 것 같아 즐겨 찾는 곳이다. 입구는 꽃댕강나무가 담장 대신 울타리를 치고 있었다. 이 꽃이 내뿜는 그윽한 향기는 비 맞는 것을 못 느낄 정도로 매혹적이다. 빗자루처럼 곧게 서 있는 메타세쿼이아 나뭇가지마저 휠 정도로 비가 굵어졌다. 멀지 않은 곳에 원두막이 보였다. 소나기를 피해 갈 수 있는 좋은 장소로 여겨졌다.

나의 어린 시절, 원두막은 수박과 참외를 심은 밭머리에 있었다. 비가 오거나 한더위를 피하여 쉬는 장소였으며, 과일을 사러 오는 손님을 맞이하는 곳이기도 했다.

울산들꽃학습원에는 원두막이 여러 개 있다. 막 들어선 곳은 입구에서 가장 가까운 거리에 있는 원두막이다. 우산을 접고 천장을 올려다보니 옛날의 원두막 정취는 찾아볼 수 없었다. 천장 지붕을 받치고 있는 육각형의 쇠 구조물은 자연 친화적인 생태환경과 거리감이 느껴졌다. 누런 녹이 슬어 있었고, 쇠 구조물 위의 나무 합판은 물에 젖어 얼룩이 배어 있었다. 모서리마다 쳐진 거미줄은 을씨년스러운 분위기를 만들었다.

농작물원 근처에 있는 원두막도 사정은 비슷했다. 키 큰 사람이 올라서면 썩은 나무 합판이 머리에 닿을 듯 위태롭게 매달려 있었다. 네 기둥을 따라 서까래 합판에는 하얀 곰팡이와 파란 곰팡이가 붙어 있어 작은 바람에도 곰팡이가 떨어질 듯했다. 그나마 다행스러운 것은 서까래 쪽만 주로 부패가 되었다. 입구에서 가장 먼 곳에 있는 원두막은 차마 보기조차 민망스러웠다. 천장의 얼룩진 합판은 모두가 들떠 있었고, 종이처럼 찢어져 보기 흉했다.

결국, 원두막에 앉아 잠시 쉬는 것을 포기했다. 울산들꽃학습원을 방문한 시민들은 원두막에 앉아 보지도 못하고 나처럼 돌아간 것일까? 시민들은 불편한 시설을 보고도 왜 수수방관(袖手傍觀)만 한 것인가? 도대체 이 시설물 관리는 누가 한단 말인가? 무거워진 마음에 발걸음을 내딛기가 힘들었다. 비가 멈췄다. 원두막 때문에 보지 않고 건너뛰었던 농작물원으로 향했다.

잘 가꾸어 놓은 농작물에 기분은 한결 나아졌다. 밭에는 아침 해처럼 붉게 차오르는 감, 하얀 솜뭉치를 보듬고 있는 목화, 구수한 들깨를 머금은 깻잎, 고구마, 작두콩이 빼

곡하다. '김치에 빠지지 않는 생강, 아, 잎이 이렇게 생겼었구나.' '어머, 종이 접착에 사용되는 닥풀 나무네' 혼잣말로 한없이 흥얼거렸다. 아무 생각 없이 먹었던 잎과 뿌리채소 그리고 열매를 보니 참 정겨웠다. 마침 한 30대 청년과 60대 중년 남성이 대화를 나누고 있었다.

"어르신, 이 잎은 식용인가요?"

"깻잎이잖아, 향도 좋고 몸에도 좋고…."

"와! 역시 향이 시장에서 사 온 것보다 3배나 강한데요. 역시 청정 지역이라선지 이곳에서 재배한 식물은 달라 보여요."

"그럼, 비닐하우스 전깃불 받고 자란 식물과 자연 바람, 햇살 받고 자란 것이 같을 수 있나?"

"깻잎 식물에도 꽃이 폈네요."

"그 꽃이 진 곳을 보게. 들깨가 맺혀 있다네."

청년은 도시에서 자랐는지 흔한 식물조차 모르는 눈치였다. 아마도 밥상에 올라오는 깻잎 식물이 꽃을 피운 곳에서 들깨가 나온다는 사실을 몰랐던 것 같았다. 그들은 목화를 보고도 대화를 나누었다. 중년 남성은 상세하게 자신의 경험을 토대로 설명해 주었다. 그러고 보니 이곳은 세대를 뛰어넘는 훌륭한 자연 교육 학습장 역할을 하고 있었다.

농작물원이 끝나는 지점에 이르자 '이곳 농작물은 수확하여 사회복지시설에 기부하니 채취하지 말라'라는 안내표

지가 있었다. 내 손에 도토리가 한 줌 쥐여 있다는 사실을 그제야 알았다. 도토리를 숲으로 도로 던졌다. 도토리 주인이 다람쥐일 거란 생각이 들었기 때문이다.

들꽃학습원은 이름 그대로 자연학습장이다. 마치 자연 시간 같았던 청년과 중년 남성의 대화가 오래도록 잊히지 않으면서 앉아서 쉴 수 없었던 원두막에 대한 아쉬움은 더욱 크게 남는다. 그런 대화가 원두막에 걸터앉아 더 이어진다면 세대 간 단절된 지식과 소통을 확대할 기회가 될 것 같았다. 그 옛날 과수원의 원두막처럼, 들꽃학습원의 원두막이 울산 시민들의 편안한 사랑방으로 새롭게 단장되기를 기대한다. (경상일보 2018. 11. 13)

—

울산의 축제,
다시 디자인하자

울산 지역의 축제를 내실화하고, 발전시키기 위한 용역 결과(경상일보 10월 23일 발표)가 나왔다. 24개의 축제 중에서 일부를 축소(2개) 및 통합(2개), 연계(4개)하여 축제의 품격을 높이고 비용을 절감한다는 좋은 취지이다. 하지만 축제의 기관이나 장소, 이해관계자가 복잡하게 얽혀 있어 통합과 연계의 길이 험난해 보인다.

축소 및 통합, 연계 권고를 받은 축제는 주최나 주관기관이 다르고, 예산 주머니도 따로따로다. 권고한 내용 이행은 지자체와 부서 간의 양보 없이는 불가능하다. 축소 대상은 남구의 '해피강변영화제'와 울산시의 '울산산업문화축제'이다. 축소 이유는 지역 행사에 편향되거나 시민이 참여할 수 있는 콘텐츠의 부족 때문이었다.

울산시의 '태화강봄꽃대향연'과 중구의 '태화강국제재즈페스티벌'은 중복된 내용(재즈) 때문에 통합 권고를 받았다. 울산시가 5월 중순과 하순에 개최하는 '울산대공원장미축제'와 '태화강봄꽃대향연'은 주최 기관이 같아 주관 부서 간의 연계가 쉬울 수 있으나 홍보 외에는 효과가 제한적이다. '태화강봄꽃대향연'은 태화강국가정원에 봄(spring)의 대표 축제로 발전시킬 계획도 고려해야 한다. 축제 기간이 다른 다년생 장미와 양귀비와 같은 단년생 봄꽃의 연계가 각 축제의 정체성을 살릴 수 있을지 미지수다.

또한, 울산 북구의 '쇠부리축제'와 울주군의 '옹기축제'를 불이란 주제와 같거나 개최 시기가 비슷하다고 연계하여 홍보하는 것도 축제의 색깔을 약화할 수 있다. 축제의 핵심은 '쇠'와 '옹기'이며 옹기를 만드는 매개체인 불은 그다음이다. 축제는 원료가 생산되었거나 사회적인 수요에 의해 생긴 쇠부리터나 옹기마을을 기반으로 행해진다. 철기와 옹기 제품이 나온 자연환경과 역사적 고증자료가 탄탄한 축제를 함께 홍보하기보다 시기를 조정하여 지자체의 대표 축제로 키우는 것은 어떨까.

축제 장소는 지자체의 관광산업에도 영향을 미친다. 인제군의 가을꽃축제 방문객의 81%가 축제 참여를 위해 축제장을 방문했다. 울산도 예외일 수 없다. 축제 기간 주변 상권의 반짝 특수는 물론, 만족도에 따라 재방문하거나 추천 기회까지 덤으로 얻게 된다. 선거나 단체장의 연임과 같은 정치적 이슈가 결부되면 축제의 통합과 연계는 더욱 민감하므로 장소 변경은 어려운 일이다.

좋은 축제를 만드는 것은 통합과 연계도 필요하지만, 주민과 관광객의 상호작용을 챙기는 것이 먼저이다. 울산의 일부 축제는 주요 공연이나 행사의 중심이 되는 일은 대형 용역에 맡기고 지역 관계자나 참여자는 보조적인 역할을 맡는 경우가 많았다. 지역사회 주민의 단결과 성장, 경제 발전에 도움이 되지 않는다.

제주올레축제는 길 풍경과 지역주민의 참여가 성공을 이끌었다. 자연환경을 보며, 느끼고 걷는 길마다 춤과 노래, 먹거리를 준비한 주연은 대부분 주민이었다. 예술인의 재능 기부 공연과 해녀들의 춤, 자원봉사자의 댄스와 축제를 준비한 회사 직원의 우스꽝스러운 복장과 분장은 축제의 백미였다.

축제는 울산 자원을 토대로 스토리텔링 하고 주연은 주민이 되어야 지역이 살아난다. (경상일보 2019. 11. 20)

—

음식 축제장,
먹고 남은 것은 어쩌나?

1천 명이 먹을 비빔밥이 비벼졌다. '울주 음식 문화축제' 개회식이 끝나고 참여한 사람들에게 무료로 점심을 제공하기 위해서였다. 나는 배부된 용기에 비빔밥을 받아 들고 무대 앞에 놓인 의자에 앉았다. 대형 용기에 많은 양의 밥을 비볐기 때문에 골고루 비벼지지 않아 밥은 윤기 없이 텁텁하고 싱거웠다. 하지만 아침을 거른 탓인지 먹을 만했다.

가을 추수 후의 풍성함만큼이나 음식 문화 축제장에 마련된 음식이 그랬다. 음식에 사용된 재료는 울주군에서 주로 생산되는 농작물로 만들었다고 했다. 부스 운영업체는 봉계와 언양의 한우 불고기, 회, 생선, 술, 커피, 차, 빵, 떡이 60여 개나 되었다. 이들은 해당 음식점의 주력 상품을 시식 메뉴로 제공하고 있었으며, 쿠키와 과일 깎기와 같은 체험행사가 함께 진행되고 있었다.

허리가 굽은 노인, 등산복 차림의 중년, 유모차를 끄는

새댁, 학생 등 많은 사람이 행사에 참여했다. 풍성한 분위기가 옛 시골 마을의 큰 잔치를 방불케 했다. 잔치는 기쁜 일이 있을 때 음식을 차려 놓고 여러 사람이 모여 즐겼듯이, 음식축제장도 대부분 무료로 시식하며 즐기게 했다.

내 손에 들린 시식용 플라스틱 통이 바닥을 보이고 있었다. 먹다 남은 국물과 걸쭉한 음식물 찌꺼기를 버릴 곳이 보이지 않았다. 집 분리수거를 하듯이, 축제의 주제가 '음식'인 만큼 '먹은 것'을 '처리할 곳'에 대한 용기와 장소가 마련되어 있을 터였다.

그런데 사람들은 먹고 남은 음식물의 찌꺼기와 음식을 담은 플라스틱 용기, 나무젓가락과 종이컵을 모두 종량제 봉투 한 곳에 쑤셔 넣고 있었다. 음식물 찌꺼기를 넣는 곳이 눈에 띄지 않으니 어쩔 수 없는 행동인 것 같았다. 게다가 쓰레기 분리수거 의식이 약한 것도 한몫했다고 생각했다.

이런 모습은 내 집에서도 일어난 적이 있었다. 냉장고에서 딱딱하게 굳은 음식과 한 몸처럼 된 비닐을 제거하지 않은 채 종량제 봉투에 넣는 나를 보고, 남편이 한 대 쥐어박았다.

"내 가정에서 분리수거가 안 되는데 회사에 나가 직원들에게 분리수거하라고 말할 자격이 없지. 자료 분류를 전공한 사람이 그러면 안 되지."

음식물과 재활용품을 분리하는 일은 당연하기 때문에 나는 실수를 금시 인정했던 기억이 난다.

오늘 축제의 핵심은 '음식'이다. 먹고 남은 음식을 버리거나 음식을 담은 용기 버릴 곳을 잘 보이게 조치하는 것이 참여자를 위한 배려이다. 하지만, 부스마다 큰 종량제 봉투만 비치되어 있을 뿐 음식 찌꺼기를 수거하는 용기는 보이지 않았다. 나중에 안 사실이지만, 이미 방송을 통해 음식 찌꺼기를 버리는 장소를 안내했다고 한다. 축제 안내 팸플릿을 보지 못했거나 축제장에서 방송을 듣지 못한 사람은 나처럼 음식 쓰레기 수거가 난감했을 것이다. 방송을 들었다손 치더라도 수거 장소가 꽤 떨어진 곳에 마련되어 있었기 때문에 그곳까지 가서 버리는 사람은 많지 않을 거다.

각 부스마다 종량제 봉투가 있듯이, 그 옆에 음식물 찌꺼기를 배출할 수 있는 용기도 함께 비치해 두었더라면 축제를 즐기면서 자연스럽게 음식물 분리 습관을 익히게 될 것인데, 아쉬운 일이었다.

그런데도 오랜만에 축제다운 축제를 즐겼다. 음식 부스 구성이 잘 배치되었고 음식 맛도 좋았다. 축제에 참여하면서 울주군에 좋은 음식이 많다는 것을 새로 알게 되었을 뿐만 아니라 내 고장의 음식문화를 이해하는 데 큰 도움이 되었다. 축제가 볼거리, 즐길 거리, 먹거리를 통해 지역 문화와 소통하는 장소이자 먹고 버리는 음식물 분리에 대한 배울 거리도 함께 챙기는 축제이면 더욱 좋겠다. (울산을 말한다 2018. 11. 2)

—

태화강십리대숲
이정표를 만들자

'태화강십리대숲'에 피서를 왔다. 우리나라 최대 규모인 대나무 숲 정원이다. 피서객은 대숲의 대나무같이 많았다. 그들이 뿜어내는 열기가 무더위를 더 느끼게 한다. 만회정(晚悔亭)을 지나 입구에 들어서자 서늘한 기색이 완연하다. 대나무 군락은 폭염을 가려주고, 댓잎은 바람을 일으켜 땀을 씻어준다. 도심을 떠나 멀리 가지 않아도 대숲 산책으로 힐링하기엔 으뜸이다.

10리(4km)에 걸쳐 이어진 대숲 길은 평지다. 태화강 서쪽 삼호에서 태화루까지는 성인 걸음으로 1시간이면 걸을 수 있다. 대밭의 죽순을 보는 재미는 덤이다. 장마가 대밭의 죽순을 키워낸 것일까. 그야말로 우후죽순(雨後竹筍)이다. 대밭 여기저기에서 경쟁이라도 하듯 뾰족뾰족 올라와 있다. 밑동이 잘린 죽순도 많다. 식자재로 캐간 모양이다. 아삭거리는 죽순 잎의 식감을 생각하니 침이 절로 고인다. 죽순 맛을 아는 이가 채취하는지 '금지' 문구가 적혀 있다.

숲길로 이어진 대나무 울타리가 옛 생각에 젖게 한다. 60~70년대 시골집 화단의 경계로 만든 울타리와 흡사하다. 울타리를 만들어 화초를 보호했듯, 식물인 대나무와 죽순도 마찬가지일 것이다. 울타리는 간벌한 대나무를 재료로 사용했다. 대나무를 '8'자 형으로 만든 후 녹색 끈으로 묶어 매듭을 지었다. 친환경 공법으로 만들어 디자인 등록까지 해두었다니 '십리대숲'에 쏟는 울산시의 관광에 대한 관심도를 짐작할 수 있다.

숲길은 대나무로 만든 체험거리 일색이다. 어린이들은 음반처럼 만든 실로폰이 신기한 듯 두들긴다. 키와 허리둘레 재는 곳은 남녀노소 없이 들락거린다. 연인들은 낙서가 허용된 대나무에 깨알 같은 글을 적느라 바쁘다. 야간 볼거리인 '은화수' 길엔 LED 조명마저 대나무 옷을 입혔다.

얼마나 걸었을까. 발바닥이 욱신거렸다. 10리를 다 걷는 것은 무리였다. 제법 걸은 것 같아서 두리번거렸지만, 목적지까지 남은 거리(미터)와 소요시간을 안내하는 표시가 보이지 않았다. 걷는 도중 좌·우측에 갈림길이 있었지만, 어느 쪽으로 나가야 되돌아가기에 짧은 거리일지 고민스러웠다.

마침 십리대숲 입구 쪽에 위치한 '태화강국가정원 안내센터'에서 가져온 리플릿을 펼쳤다. '태화강국가정원 안내' 자료에는 내가 있는 현재 지점을 가늠할 수 있었다. 그러나 국가정원 위주의 주요 지점만 안내되어 있을 뿐이었다. 그 속의 십리대숲은 태화강대공원에서 심장부 격인데 소요 거리 표기와 '안내지'조차 없다는 건 믿을 수 없는 일이다.

십리대숲과 태화강, 국가정원은 태화강대공원의 3종 종합 관광 상품이라 해도 무리가 없다. 여행자들은 갈림길의 안내에 따라 태화강전망대나 조류생태원으로 가서 철새를 관찰할 수 있다. 자연생태계 현장을 강변에 만들어 학생들에게 교육적 효과를 꾀할 수 있게 한 흔치 않은 곳이다. 울산의 자랑이다. 그쪽을 지나 계절마다 다양한 꽃이 피는 국가정원 길을 걸을 수 있다. 나처럼, 물고기가 뛰노는 강둑길을 걸으며 나룻배를 타는 사람과도 마주할 수 있다.

이것이 '십리대숲 이정표'를 만들어야 할 이유이다. 대숲 길목마다 자신이 걷고 있는 현 지점이 어디인지, 갈림길을 나가면 무엇을 볼 수 있는지, 목적지마다 소요시간이 얼마인지 알려주는 안내는 길손들에게 도움이 된다. 이정표를 정비하고, 안내지를 만드는 배려가 여행객을 다시 찾아오게 하는 힘이 된다. 태화강십리대숲은 푸른 울산의 상징물이다. (울산제일일보 2020. 9. 6)

이애란

부산대학교 대학원에서 문헌정보학 박사 학위를 받았다. 울산과학대학교에서
도서관 사서로서 오랜 기간 근무하면서 계명대학교 사서교육원 강사와 울산과
학대학교 평생교육원에서 독서지도 강사를 했다. 도서관계 활동으로 한국전문
대학도서관협의회 회장, 한국대학도서관연합회와 한국도서관협회 이사, 울산광
역시 지자체에서 공공도서관과 작은도서관운영위원장을 다년간 맡았다. 이러한
활약이 인정되어 '전문대학인상'을 수상하였다. 만든 책으로 《한국문헌정보학
색인》, 《대학도서관의 관리와 운영》(번역서), 《지역문서관리》(번역서) 등이 있
다. 현재는 울산과학대학교 평생교육원에서 '작은도서관운영' 교육을 하고 있
다.

오늘, 통하다

초판인쇄 2022년 11월 15일
초판발행 2022년 11월 15일

지은이   이애란
펴낸이   채종준
펴낸곳   한국학술정보㈜
주 소   경기도 파주시 회동길 230(문발동)
전 화   031) 908-3181(대표)
팩 스   031) 908-3189
홈페이지 http://ebook.kstudy.com
E-mail 출판사업부 publish@kstudy.com
등 록   제일산-115호(2000. 6. 19)

ISBN   979-11-6801-884-6 03810